名家小写文集

妈妈的心灵花园

王 珍 ——

著

U0782452

北京联合出版公司
Beijing United Publishing Co.,Ltd.

图书在版编目（CIP）数据

妈妈的心灵花园 / 王珍著 . -- 北京 : 北京联合出
版公司 , 2024.8. -- （名家小写文集）. -- ISBN 978
-7-5596-7917-8

Ⅰ . I267

中国国家版本馆 CIP 数据核字第 2024U9U113 号

妈妈的心灵花园

作　　者：王　珍
主　　编：张海君
出 品 人：赵红仕
出版监制：张晓冬
责任编辑：管　文
特约编辑：和庚方　张　颖
封面设计：立丰天

北京联合出版公司出版
（北京市西城区德外大街 83 号楼 9 层　100088）
三河市同力彩印有限公司印刷　新华书店经销
字数 260 千字　710 毫米 ×1000 毫米　1/16　13 印张
2024 年 8 月第 1 版　2024 年 8 月第 1 次印刷
ISBN 978-7-5596-7917-8
定价：65.00 元

版权所有，侵权必究

未经书面许可，不得以任何方式转载、复制、翻印本书部分或全部内容。

本书若有质量问题，请与本公司图书销售中心联系调换。

电话 17710717619

目　录

第一辑
梦呓呢喃

琴棋书画诗酒花
花　魂
梦
锦绣伤痕
…………

琴棋书画诗酒花

琴

无月的夜，是谁多事？取出了那张尘封已久的古琴，拂去千年的风霜，用心接上断了的琴弦，弹拨，情不自禁。纤纤素手的指间居然有琅琅的声音，如流传在江湖上的往事，穿越高山流水。

苏东坡依旧在执着地探问："若言声在琴弦上，放在匣中何不鸣。若言声在指头上，何不于君指上听？"

琴，于是如决堤了的古井水，冰冻的心思奔涌、流泻，细细密密地渗透，深入到人的骨髓之中，把我所有不敢言说的心思拨穿。如你温柔的触摸，感觉枯涸的生命温润起来，身心为之苏醒、颤动。

铮铮的琴声，缠绵悱恻的曲调，强劲得铺天盖地，像你在远处，一声声呼唤我的名字，穿越千山万水，嵌入我的心里。我修筑了许多年的堤坝，已经被琴声摧毁，我是那块被扔进高炉中的生铁，自己的样子一下子消失，了无个性，听凭琴的意志，由其锻造。

时光如流水掉头向西，穿越岁月的沧海桑田。琴声涉水而去，走过蒹葭、白露，春风吹得桃树繁茂，桃花灿烂。我依旧是采蒿的女子，在潺潺的山涧水边，在深远的南山之上，听你吟诵："乌舍凌波肌似雪，亲持红叶索题诗。还卿一钵无情泪，恨不相逢未剃时。"

苏曼殊就这样在琴声中回到了纯情时光，还有他内心的多情与脆弱重新回来。一边是爱情如草原上的奔马，放纵；一边又是举着世俗标尺的双手，丈量着你我的心情。

多情苏曼殊，却是僧人苏曼殊；既是无情，何苦又偏偏要有泪在琴上飞？

"第一不如不相见，如此便可不相恋；第二不如不相知，如此便可不相思；第三不如不相伴，如此便可不相欠。"也只有等爱情走远了，六世达赖仓央嘉措才会如此感慨和后悔，你又何尝不是？

梦醒后，你在佛前忏悔。把昨日的爱供奉在清规戒律前煎熬。羸瘦的弦，承载着我执迷不悟的浓情，若风中柳条，纤弱，不胜柔指撩拨。

一道古老的闪电在琴弦间豁然劈开，凝作一把寒光闪闪的剑，在歌喉间任意舞动，一剑封喉，血流如注，伤痛弥漫，像无尽的烛泪，汩汩地流淌，直到红消香断，直到心和蜡炬一同，成灰。

我所有从来没有表露过的心思，都随琴弦了断。

失音的琴，病入膏肓。

棋

依旧和梁山伯祝英台一样，我们相对而坐。这一次隔在你我之间的不是那张读书的香木案，而是一个棋盘，注定了我们要做对手。我没有开局、布局的权力，因为棋子早已经摆好了，是一个残局在等着我。我不知道那里面是希望还是失望，我无法选择。我也不知道游戏规则，甚至都不会运子。

边上站满了观棋的人，他们似乎比我本人更加起劲，呐喊助阵，恨不能从我手中夺过棋子儿替我下了才好。这让我更加无所适从。我孤楚而无奈，求助地望着你，希望你能主动结束这场博弈，因为你是了解我的，这搏杀激烈的残局我实在是无法应对。

但是你却根本就不管我的情绪，只顾自己出招，且步步紧逼，让我无处可逃，最终，一败涂地。

我们青梅竹马，我们同窗共读，但我却从来都没有想过我们会有一天要变成一决高下的对手。

记得是你亲口告诉我的，你不会再像从前那样为爱而不顾死活了。你说你伤了，累了，要找个港湾栖息了。我虽然痛过、哭过，可是我还是强颜欢笑地成人之美了。可是你为什么还不肯放过我？难道爱不成就非得反目成仇吗？

那年，相恋多年的他成为别人的新郎之后，再入我梦境时他总是那样和我对弈，让我处于孤立无援的败局。

我不知道自己做错了什么，只是那局棋之后，我的生命就有了沧桑的感觉。

许多年以后，有一位蓝颜知己问我："你知道吗，围棋上有一招叫试应手？我发现你像一个水晶人儿一般，是一个很不接灵旨的人。"经他耐心解释，我才明白——试应手，是围棋上的术语，指交战双方在胶着状态下，一方刻意地作"秀"一手，看对手如何反应。为试应手而弃子，这在专业棋手的对局中屡见不鲜。应用这种策略，会对接下来的棋局有很大的好处。业余棋手则往往不看对方的动向，一意孤行，简单地按自己的想法下棋。

我连业余棋手都称不上，根本就不懂棋！而在人生中没有人会迁就你，不管你会不会下棋，都会常常莫名其妙地被抓了去和人对弈，甚至只是作为一个棋子儿任人舍弃。

要么学会下棋，要么输赢任它去。否则，败局，早已注定。

书

书是心的写照，不管是家书、情书，还是书法，都是心中的事。是游子、爱人和自己的魂。静夜无人，月盈月缺，不对明月寄心思，只把心心念念捧在手指间，寄予字字句句。

写字的女子静心敛气，波澜不惊。即使只是做一个写字的样子，也已经多了几分沉静的气息。女子可以无才，可以不美丽，但腹中一定不能空空无物，腹有诗书气自华，有文章在心，才能知书达理。

你说：我们相约抄经吧。于是，我的脑子里就有了她的样子——写字的女子，是你审美中的长袖善舞。

书法者，多在繁体字、文言文中徘徊。多了几许古典的韵味。虽然我是做文字工作的，但繁体和文言文是我的软肋。据说感性的人多用右脑，理性的人则惯用左脑，而我是一个用惯了右脑的人，左脑的功能严重退化。思维非常单一，学会了电脑打字，就必定会不知道怎么写字。有时人家问一个字怎么写，我都得先敲键盘才能知道。毛笔，就更不知道该怎么拿了。

当然，我也书写，但只以自己的方式。不知道是不是你喜欢的那一种。

许多时候的书写不为风雅、不为功利，也不为高山流水追逐知音，只是简单的稻粱谋。只当夜深人静，独自面对自己，才敢释放幽闭、郁结的情怀。推开幽深的心扉，让冷冷的风吹过漫漫心路，看着星移斗转，感受风吹草动，落木萧萧无边，似红颜一点一点老去，红消香断。

就像每一个爱照镜子审视自己容颜的女子一样，我阅读自己敏于感受的心，让自己的双手沉浸在无尽的感怀中，蘸着顾影自怜的心情，手指尖流出的字句，书写一夜雨后零落的庭院，一根失去了知音的琴弦，还有世人多变的情怀和无常的人生。

我用水一样的柔情，水一样的清澈，水一样的坚韧不拔，书写，刀剑无法斩断，山丘无法阻隔。那是我的书写方式，也是我的人生境界。

滴水穿石般执着的文字，就是我对苦难和伤痛的放下。

画

画是非物质的境界。清水玄墨，草木花石，亦幻亦真。但画中的人，镜花水月却能穿越纸墨，是真实世界的观照。

一个未见过只读过我文字的网友把你的画传给我，断定，那画上的人儿就是我。花布袄，麻花辫，神似。仿佛是生活在远处的另一个自我。

于是，情不自禁，我对你说：我们的前世一定是见过的，不然，怎么可能？也许我们是前世的姐妹？或者，你就是前世的我？再或者我们曾经是一起采薇的同伴？

我惊喜地把画儿拿了来，如杜丽娘进入了姹紫嫣红的爱情，汤显祖替她构筑的那个《牡丹亭》，一个美丽凄迷的梦境——"原来姹紫嫣红开遍，似这般都付与断井颓垣。良辰美景奈何天，赏心乐事谁家院"。终究，杜丽娘的柳梦梅在梦醒后的现实里失踪了。于是，为了那个幽奇绚丽的爱情故事，她只能把忧怨堆积成疾，把自己的生命和魂糅合在自画像中，要不然，怎么会有柳梦梅"游园""拾画""叫画"呢？是画倾倒了柳梦梅，痴醉了众生，成就了姹紫嫣红的至情、至性、至美。

为了让如花美眷、似水流年的完美的结局成为一种定格，你画初秋的圆月，画甜润的笑靥，画玫瑰的季节，柔柔美美，委委婉婉，长长久久。最感谢你在我的身前身后画满了灼灼桃花，这些花一定就是张爱玲的"喜欢一个人，会卑微到尘埃里，然后开出花来"的那些花吧？我平静地待在桃花的世界里，看桃花开出怎样的结果，像月光一样守信和执着，那就是我幸福的非物质天堂。

就想这样，永远住在画里头，请你就这样悄悄地走过。

如果你已经没有了爱，请不要把画里的我惊动；如果你还有爱，请不要把画里的我带走……

诗

诗是在忧伤的泥土里开出的花，是繁花落尽后的惆怅，是离愁别恨的泪水："东风恶，欢情薄，一怀愁绪，几年离索。""人比黄花瘦……"

还是和从前一样，我们同窗共读，读的是《妙法莲华经》，我用不是很坚定的手指翻动经卷，一页一页追逐你的目光；你在朗声诵读，像我的呼吸，那么熟悉，几乎可以不看范本，了然于胸，就像你对我心事的阅读。我所有的表白都属多余。

喧嚣尘上，混乱繁杂，你为我们辟出了一处空间，风清月朗。

真想就这样永远听你诵读，感染你的定力。只是天色已黄昏。

我们的每一次相见都是一次别离，甚至都不能折一枝柳条相赠。

离别后，所有的经书都蒙上了尘埃，我不忍再去翻开，怕自己对你的思念排山倒海。我无法读懂一个字，除非，从此以后，对你再也没有了依赖。

禅宗六祖慧能听着两个小和尚为风吹幡动究竟是风动还是幡动争论不休时，说，风和幡都没有动，是你们的心在动。是呵，佛心如如不动！而诗人的心却是秋悲落叶、春喜柔条，敏感得像一瓣芭蕉叶，能够感受到风的走动，雨的哭泣。而这一份敏于感受注定了诗人的悲剧。

诗是美丽的鲛绡，是海里泣泪成珠的鲛人，织成的世界上最轻柔美丽的丝绸。唐琬为陆游而"泪痕红浥鲛绡透"；黛玉为宝玉的尺幅鲛绡而"为君那得不伤悲"……有一些人生来就被织进了这些美丽的丝丝缕缕里，永远无法抽出头绪。

你就是一句诗，是我人生长卷里的诗句，隽秀逸美，看似没有太多的细节泛陈，却精练到把每一个描述你的字都刻在我的骨子里，这个句子终结了我人生的爱情章节。让我从此以后，羞怯、安静而独善其身。

酒

酒总是那么多情，醇香醉人，充满着难以抵挡的诱惑，一遇上，就再也不能忘记。愁是秋天的尘累积于心上，唯有酒可洗去。煮酒吟诗，悲欢在酒里，在诗中。

与其说酒是属于男人的，不如说酒是诗人的。诗人注定了是要孤独的，所以就有了酒；诗人注定了要受伤，所以就有了酒。酒是诗人的知己，对酒吟诗，可以让诗登峰造极；酒是诗人的药，可以镇痛、解忧、疗伤。

让酒无声地流过，从那个落花的季节，沿着离别的时分，流过痛楚的心灵，浸润无法言表的心事。把痛楚、忧伤、悲愤沉淀于生命的底部。

在冷冷清清的寂寥和凄凄戚戚的悲苦之中，酒就是女词人李清照的心海中流出的泪。亡国之恨、失夫之痛，孤独的人间更孤独，乏味的人生愈乏味，凄惨忧伤至极，万物萧瑟，了无生气。乍暖还寒最难将息的时光，也唯有借三杯两盏淡酒得到一丝丝温情与慰藉。

而在长亭外、古道边，欲尽的黄昏，夕阳西沉，笛声飘零时刻，李叔同以一瓤浊酒把告别友人的离愁情绪表达得淋漓尽致。

酒是忘情水，酒中可以放纵自己的伤痛，但往往是治标不治本，所以容易依赖成瘾，让人醉了又醉。

但酒也常常被一些人利用，趋炎附势，敬向权贵。这时的酒和我概念中的酒无关，我从来不敬酒，也不愿意喝功利的酒，不管敬酒和罚酒。只有适逢知己的酒才是酒，即使喝了就醉，甚至于迷失自己，也无怨无悔。

如果说，爱情如酒，最怕酒醉，长醉不醒；又，最怕过于清醒，一点不醉。

花

清冷的雨，连绵不断了许多个日子。昨日，最后那一场冰雹，冻结了蝴蝶的翅膀，像梁祝凝固于楼台里的爱情。

为爱痴狂的花朵，不顾一切地盛开着，忧伤地开遍了河畔山野，无边无际地蔓延，伸向看不到头的远方。

雨，如诉如泣，一滴一滴地打着花瓣，像爱情破灭时的呜咽，清清亮亮的雨滴，挂满了树梢、花瓣、草叶，是梁祝离别后残留的泪。

花开的声音是歌的声音，是一首哀怨的歌，歌声飘向远方。像祝英台出嫁的那一天，惊心动魄的唢呐，揉碎了一地的落红。红消香断。

一朵花，承载着如此凝重的风情；深深浅浅的因果，被料峭的风收藏，风干成千古的标本，只与岁月相依。

为爱执着、为爱痴狂的微弱呼喊，渐渐淡出生命，撕碎了恋恋不舍的目光。浓重的郁闷，氤氲于泥泞里的种子，像深陷于贝中的双脚，再也不能迈开步子。

柳笛，一声声，叫醒了沉睡的土地，拨开阴霾，开花，只为信守土地的承诺，履行前世的约定，这也是一种习惯。

一样的花开，一样的场景，不一样的气候，不一样的结果。就像爱情，需要有合适的时间和合适的人相遇。

今年的花开不是太早，就是太迟，错过了太阳，又错过了月亮，只有悠长、悠长的雨季。落满在花瓣上，像恋恋不舍的眼神，不知是雨？还是泪？

花开显得那样凄怆悲切，一种压抑的抽泣，用开花的声音来诉说，有谁听得懂她的哀伤？错过了约定，错过了诺言，错过了相遇的季节，这一错，就又是一个轮回！

花　魂

石榴花

初夏，农家小院，我捡起一叶花瓣，嫣红如血。我问你：是石榴花吗？你立刻大声地问院子的主人，替我解开疑惑。你总是这样，我的一句叹息，一丝郁闷，一丁点儿抱怨，有时甚至只是无意间的一句问话，你都会很在意，立刻为我去找到答案。甚至连手机的彩铃仿佛也为我而设。

你想去哪里，你要我怎么做……你常常这样柔情地问我。你的细致入微、你的体恤、你的好，点点滴滴渗透在我的心中。你赤诚的深情缭绕在我的心，让我无法抵御，却给了我的伤痛一个开花的理由，让我对你没有任何要求，只有愿意，为你。

我是一朵怒放的伤花，爱得越深，伤痛越厚重。即使只是风不经意的一句浅唱低吟，我一样会落英成阵，像那树石榴之下，落红一地。我捡着地上的花瓣，听到她们轻轻的叹息，像我的姐妹们的倾诉。触动我的许多心绪。你却催我快走，了无拖沓和缠绵，你说你的职业让你如此了断。你教会我，那些过去了的风雨就让它过去，就像花瓣落下时，不要回头，只要记得花开时的样子。

可是，我依旧不能忘记，那一天，我在秋千上忘情，宣泄，放纵自己，秋千摇曳的时候放飞了所有的忧伤，又回到了那个童年的梦中。梦里有花初开，恰似我们人生的初次遇见。

还记得"郎骑竹马来，绕床弄青梅"的你我吗？唐时风，宋时雨，多少次落满枝头，只有石榴花灼灼依然，火一样地红，不知道为谁燃烧、为谁伤痛，直到有一天，花开过了，心碎了无痕。任碎了的心做成红宝石般的果实，任时光悄悄地涂黑了记忆。只有撕开华丽的嫁衣，才能看得见那一堆破碎了的心……

石榴花的故事让我明白了，并不是所有的花都一定要开在春天里，我知道，开花结果也是一种因果，看见一朵花开却是缘分。毕竟，谁都不可能在另一个时光看见同一朵花开在同一个枝头。

我知道，时光会一点一点地黑白了所有曾经的色彩，但我依旧舍不得扔掉曾经的花开，我的裙兜里一直揣着那瓣石榴花，有血液的温度，时时触痛着我的无奈和孤楚。

是不是此去人生注定会花自飘零水自流，一种相思两处闲愁？

莲　花

看到水域里一片粉红色的睡莲时，我正在你的身旁。你淡定了我的惊艳，说你看过更多的花开，更幽深，更远离喧嚣尘上。

顺着你的指引，我也看到了更多的花开。

那天，跟你走进一位年长的居士的陋室里，那么简陋的柴门蓬户，却在美丽的风景区中。

空空的四壁，泥地土墙，清贫的房间里只有一张很旧的桌子，厨房里是一个很古旧的柴灶。门前屋后是一座青山和一片自己种的花花草草。一对耄耋老人，拿着两三百元钱的低保，吃素念佛，除了粗茶淡饭别无他求。老人的鞋子是破的，外衣是旧的，只有那件白衬衣，很干净，像白莲花瓣。她说，别人都说他们过得寒酸可怜，她却觉得幸福如甘饴。

她亲亲地喊你"老师"，像失散多年后的亲人重逢，絮絮叨叨地说着念经的心得和感悟，那是朵朵莲花，开在《般若波罗蜜多心经》《金刚经》《大悲咒》《药师咒》上，我依旧读不懂这些经文，却能感觉得到那种异样的美丽。忽然有点明白：什么是用功，什么是修行，什么是心静。

这是我生命中一次美丽的遇见，也许，这正是我想让你带我去的地方，红尘之中，却又离红尘隔着一座桥的距离。

真的很喜欢你诚挚真情对一位清贫老人的态度。你说，你要特意再去一次，送经书和光碟给老人。我一直想对你说，我想陪你一起去。可是我一直没有勇气说出来。

我坐在你身边的那把小竹椅上，又一次看到了莲花盛开，我的身前身后开得到处都是。那么美丽，纤尘不染。花魂睡在清水中，花朵开在红尘里。睡莲，也和菩提一样、也和明镜一样，似花非花，和我相距盈盈一水间，就像你我，隔着一本书，一张网，一段文字，一剪世俗的目光。那么远，又，那么近。

只是我没有心理准备，一份超尘拔俗和深深红尘之间的萍水相逢，注定要让分离和相遇交错，成为我今生今世致命的伤痛。纵然是没有那个晚上的冷雨不胜，没有坠入风尘的失误，也一样会有风流动，会有水行走，一样会把睡莲的梦叫醒，让花魂枉自飘零。

真想把昨天的梦撕掉一页，却又不知道，明天该怎么抒写陌上花开缓缓归的情愫？

栀子花

栀子花一直盛开在我那只画着玫瑰花的瓷杯子里，虽然只是纯白的颜色，但浓郁的香却妖冶得让人心碎。我一直一直会买一束，养在清水里，直到整个花季走远。

　　花香一直深入我的生命里，刻骨铭心。也许真的像传说的那样，栀子花香，有助睡眠；如果香味过浓，反而会让人亢奋，睡不着觉。我就是在花香中半梦半醒着，疑惑自己抑或曾经是她们中的一株，或者来生会是她们中的一朵？注定一生都要等待那份若有若无的爱情？就如那种精灵般的歌声——

　　栀子花，白花瓣，落在我蓝色百褶裙上，爱你，你轻声说，我低下头闻见一阵芬芳。那个永恒的夜晚，十七岁仲夏，你吻我的那个夜晚，让我往后的时光每当有感叹，总想起当天的星光。那时候的爱情，为什么就能那样简单？而又是为什么人年少时一定要让深爱的人受伤？在这相思深夜里你是否一样，也在轻轻追悔感伤……

　　十七岁的栀子花，素雅、清丽，羞涩地躲进梦里不再出来。

　　假如能够让我来自由地选择轮回，我心中的那一朵栀子花，应该是开在川端康成的雪国里。如映在车窗上那位美丽的少女叶子的明亮的眸子——"已是黄昏时分，车窗外夜幕降临在皑皑雪原之上。在这个富有诗情的衬景上，叶子的明眸不时在闪映，望去十分美丽动人。"

　　川端康成离去后，雪国里不再有爱情故事，只有栀子花，也许是最后一朵，开得幽然、孤楚而又绝望。清冷寂静、简古淡朴，生长在生命里的禅境，和禅宗一样，在喧嚣嘈杂的尘世和纷乱不已的心灵深处寻找寂静与虚无，不知道能不能探寻到生命与宇宙的本真？

　　栀子花如雪，有没有人看到花开都一样，只是不能去碰触。

　　川端康成如雪，一经现实曝光，即刻融化不见，如一个突然醒来的梦，再也找不到梦的痕迹。

梦

梦未央

昨晚，我又做了那个梦。

我的生命中一直有一个相同的梦境伴随着：梦中总是碧草青青花盛开，恍若是我前世的童年。我总是穿洁白如云般轻纱的跳舞裙子，红色的丁字形皮鞋，白色的袜子。我的发梢上是粉红色的蝴蝶结，像两只美丽的蝴蝶，轻轻飞舞着、追随着我。

和我一起嬉耍的总是两个穿白色 T 恤、靛蓝色西装短裤、白袜子白球鞋的小哥哥。他们不是我的兄弟，但却像对妹妹一样地呵护着我。那一年我五岁，他们俩七八岁的年华。我们青梅竹马，两小无猜（三个小伙伴，是不是应该说三小无猜？）。

我们在一片开满了紫云英的绿茵上快乐地奔跑、追逐，我们的身后是一排小木屋，那就是我们的家，门前是一条湍急、欢快的河流，有我的亲人们在清澈的河水里洗衣、浣纱。

快乐、无忧，像流淌不尽的河水，漫过了纯情时光。

我跑着跑着，好像就变成了飞舞的蝴蝶，翅膀上写满了爱情……

同样的场景，反复出现在的我梦中，但每一次都只是一个快乐童年的片断，定格。好像一篇没有写完的散文中间的一个自然段，戛然而止，没有了下文。

有一次，和一位高人说起这个梦。

他说，你能不能把握自己的意念，试着让梦继续？

我说，不能。梦就像命运，无法预知。

他说，这会不会是你童年时的某一段记忆的还原？

我说不是。我的童年场景和这个完全不同，我是一个生在城市长在城市的女孩，甚至没有多少有关乡村的经历或者是记忆。

他说，那就可能是你的前世了，或者是你的来生也说不定。可是，为什么总是两个男孩呢？他问这句话时，眉头打着一个浅浅的结，像质问我，又像在问他自己。

如果，真的像他说的那样，那个梦就是我的前世，那么接下来的故事我应该是知道的。因为这个故事早就被文字、音乐、影视等种种文艺形式制作成了爱情绝唱。那么，今世的我，是不是来还原前世的那个悲剧呢？

梦之恋

在一个没有风没有月的夜，在一次没有酒没有咖啡的筵席，我和你有了一次邂逅，无关风月无关爱情。

目光清澈如流水，心绪如一叶小舟，承载着一丝丝初次相遇却又像是失散后重逢的惊喜。许多莫名的情愫无法收藏，任风雨飘摇、烟消云散，如一芽初初萌发的嫩绿，被薄情东风吹落。

一重重悬崖边缘的相思，无法诉说，像缱绻动人的百合花，一朵一朵开在不该开放的季节，盛开在峭壁之上；如我在一个冰雪的世界，渴望你能伸出暖暖的掌心，让我感受阳光的温情，替我融化冰冻了的笔尖，为我们的情绪赋一曲新词。

可是，你没有。在那些风吹皱一池池水的时候。

我只有看着有谁失手打碎了月光，如惊醒多情又脆弱的你我。从此，我们隔着月光的距离，一月愈合一次，一年愈合一次，一生愈合一次。生生世世的浪漫离散，无以言说浓浓淡淡的酸楚。这样的日子，我守候在夜的梦里，听秋风秋雨潇潇如注，滴滴答答敲打着寂寞的窗棂，从黄昏点点滴滴到天明。

我从一片片轻灵、温馨的雪，羽化成一滴滴凝重、苦涩的泪水，再凝结作一刃刃冷峻、坚硬的冰。

由柔软变成锋利，是一样的水，不一样的温度。

如潮的心事，一寸一寸地冰封了我的身心，冰冷而无助无依，窒息了我的血一样涌动的情感。我无奈地看着，谁的手，伸进我的命运，采撷我一生的果实……

刺骨的寒冷呵，冻醒了我的梦。

梦中的你，不知在何时离去，悄然无声。如蜡烛，燃尽了最后一点温馨，似玫瑰，凋谢了最终的芬芳。

你诵读了一半的经文打开着，那喝剩的小半盏残茶，像冷却的记忆。

梦中行

冬天慢慢地褪去了寒冷的颜色，春天的脚步已响起，立春前一天的午后，再一次想象自己成为一朵忘记了时间的花，开放在隔世的料峭春寒里。前世的爱情，被花的芬芳唤醒，抛开了季节，在一个无人的幽谷弥漫，仿佛在印证昨日的流言蜚语。

我失语，不敢赋新诗，已经有一些日子。因为我知道，文字太轻薄，如蝉翼，载不动太多的忧伤和烦愁。

记得吗？那一天忧伤的雨水一直下个不停，如那场与生俱来的病，渗透我的骨髓。像书中描述的女子，不知为谁，哭了一生一世，病了一生一世。那剪不断理还乱的情绪，我清理了一世又一世，不知是在还清谁欠下的债务？

梦中记得隔岸的浪敲击着礁石，如你洞察一切的目光，拆穿了我并不是刻意编织的精致花环，说出了连我自己都不知道的真相，粉碎了我脆弱的心思，惊天裂地。你说，爱就爱了，只要让自己爱着的人幸福。从此以后，这爱便成为我致命的蛊惑。

我早已是风平浪静的生命长河又一次掀起惊涛骇浪。突然而至的飓风无情地撞击着理智的堤坝，而我已经用完了所有的抉择，再也拿不出什么来见证我的真心真情，我只是个一无所有的穷人。可是，你却让我无法独守在自己清贫的世界里，自由的心灵和清净的魂，瞬时瓦解，冰雪消融。

冷暖变幻的时刻，骤然起雾了，浓郁地弥漫开来，我看不见整个世界，只有你在我的身旁，依然清晰。不知道是自己被整个世界抛弃，还是自己不小心走出了世界的轨道？我没有害怕，只有惊讶。心平气和，任命运带我走向未知的世界，随遇而安。

谢谢你曾经陪我到那个幽深的世界，和我一起站在寺院前的细雨里，感觉自己的无助都点点滴滴化成赤裸的表白。耳边响起的梵音，仔细去聆听，宛如悬挂于寺院的铜铃摇曳在轻风里，唤醒一种允诺，深远而执着。那是爱情不朽的呼吸，顽强地生存着。

花开不易，真爱不易。真要放下，却要耗尽一生的生命，在寂寥的古佛长卷、凄清的青灯冷香里，忏悔，日复一日。

你带我到过一个崭新的世界，一个我从来没有去过的世界。可是，如果没有你的指引，我依旧会迷失方向，我不敢走得太远。

在那个静谧的世界里，听你们说禅，高深莫测，我不懂，却忽然感觉，魂回归，心安宁。

锦绣伤痕

当裙袂飘逝在你的视线之外时，我惊惶地发现，自己的裙兜上一粒装饰的纽扣遗失在连天的碧草间，那是在分手的时光，送别的路上。失落的纽扣就像我的失魂落魄。

我并非故意要将把柄交给谁，也不是要刻意制造忧伤，更不想把文学的凄楚、悲怆美当作生活的真实。可是，送别的车窗玻璃上，一剪潮湿的目光，再一次不由分说地书写了人生的万不得已。就像我的那粒纽扣，要在某个时光、某个地方离开我的裙子，也是注定了的缘来缘去，不由人的意志。

只是当我看着自己的裙子上那缺少了扣子的地方，我看到的是一个伤疤，就像这些年来每一次离别后必然会烙下的一种疤痕。我怕把伤口暴露于太阳底下曝晒过于触目惊心，又学不会像神医那样用纱布把伤口包扎起来，却也学会了用自己的方式把伤口绣成一朵花，收藏。

离开了陆游之后，唐琬是怕人寻问，咽泪装欢，把离恨别愁瞒了又瞒；而我在一次又一次的离别之后，学会了把伤疤绣成霓裳，嫁了忧伤。千针万线，绣了再绣。我只有把所有的事故当作故事，把每一次遇见当作上苍的恩赐，在不断被切开的创口上缝合，学习补天的女娲，努力做到天衣无缝。用七彩的丝线，美丽今后的人生。

一针一线，针针线线，细细密密、千丝万缕，布满了新新旧旧的伤口，绣出的花朵间有暗香浮动，那是我爱的图腾。

往事如绣。思念如绣。伤痛如绣。

有人说过，每个人光鲜的背后或者有着太多不为人知的痛苦，我也是在分离的时候才明白：相遇和缘分原来是那么地残忍！如果说，时间就像流水，你永远无法触摸同样的流水两次，因为已经流逝的流水不会再来。人生的相遇和缘分何尝又不是呢？

也许我的那一粒纽扣早已落草，已经在送别的长亭外、古道边上，为你随遇而安，又开始了她的新一个轮回，下一个聚散离合的故事……

今世梁祝

虽然已经是冬季，阳光依旧灿烂而温暖，就像那一年，我们去杭州万松岭求学时邂逅的情形。仿佛是上苍的刻意安排，让我们在草桥亭相逢，一见如故。于是，撮土为香，义结金兰。即使是男女授受不亲的年代，我也要女扮男装，不只是为了去上学，更是为了和你相逢。

同窗共读、耳鬓厮磨、日夜相伴的三长载呵，生命中最美好的年华！却始终是我在这边，你在那边，中间隔着一条河，命中注定，一生相望，我们守候，在岸的两旁。

河面很宽，也很窄，是我们读书的香木案，连着我们的向往，也隔着我们最美丽的爱情。

你情、我情，我们情深深，深如水；情深如水的河，终年流淌，奔流不息。那年初夏，河水泛滥。我和你爱情的生命，溺于河底，没有再浮出水面。

一千多年，多少个日日夜夜的轮回，历经劫难、炼狱，千辛万苦，生生世世，沧海桑田……

再相见时，我们读前世，就像读别人的故事。

于是，我们只能从头开始，依旧是隔着一张书桌、一卷经、一道门，一剪世俗的日光，依旧是你在这边，我在那边。

可是，我依旧不想放弃，求佛，让我们来世在应该遇见的时候再遇见。

有人说，如此执着痴情，注定了生生世世要被情所误。即便真的是这样，我还是愿意以自己的生命来抒写《诗经》中那些和爱情有关的句子。

假如真的有来生，假如来生的我不能再为人，那就让我做你手中的一卷经、伴你左右的一炷香烛、你天天路过的池子里的一朵水莲花、你洒扫的庭院里的一株树、你朝暮诵课的屋子的一堵墙，或者只是墙头那一抹绚丽的黄……只要有你目光的润泽，只要在阳光的日子里，你的身影和我融合在一起！

佛　润

　　雨中的永福寺，全然没有了前一天灼灼的暑气。变幻的气候，如无常的人生。迎面而来的雨点，居然给了我几许寒冷。

　　告别昨天的场景，一转身，我的心上已然写满了秋。是的，谁的人生又能够经得起匆匆来去的情感重复呢？

　　放下一切，哪怕只是暂时地欺骗自己。我知道，朋友们一而再地把我引向那个地方，是希望我的心有所皈依。

　　在寺院的茶楼喝茶，和我们坐在一起的还有两位寺院的僧人，那位年轻隽秀的僧，初初相遇，以书和手链相赠，并告诉我，什么是心灵的自由。让我觉得人生的知音和友情是任何世俗的成见都不可阻隔的流水。在佛堂听一位绝对的青年才俊讲经，允成法师，那么帅，那么有才。虽然朋友早就关照过不可以这么形容一位法师，只可以说法师端庄。但我是一个俗人，还是忍不住就把赞美的话说出了口。那一段时间里，心一直如沐春风，像长着一双轻灵的翅膀，仿佛只要自己伸出手，佛就会牵住。

　　看着寺院的庙宇间有游人和僧人往来，一些人匆匆而过，一些人以此为家，不知道他们究竟谁才是找到了家的人，谁又是出家的人呢？

　　我知道，寺院不是忘川，茶也不是忘情水。一朵睡莲漂浮于清水之上，我不知她是睡着了，还是醒着，也不知道她的睡梦中是不是总有世间的悲苦，如我经年堆积的郁闷，早就让我病入膏肓。

佛说，放下。而我依旧只是一个俗人，什么也放不下，那是因为我舍不得那份虚无，依旧背负沉重的行囊，我走得很累、很辛苦。

但我始终能感受到友情的温润，这何尝又不是佛恩的润泽呢？我感恩。

不放下，又能如何？

那就努力地忘记吧，相忘于江湖，这倒是一个很好的结局。

魂牵梦萦的《白狐》

　　那只雪白的白狐，千年等待，千年孤独，千年忧伤地企盼，就是为了报答你在千年之前的那一次放生之恩啊！

　　就那样，一首歌在耳边萦绕，挥之不去，一个痴情的女子，起舞弄倩影，让我昨夜失眠了。

　　想起了前尘往事，往事中那个像我一样的女子。

　　一千年无眠的昼夜，一千年劳其筋骨、饿其体肤的修炼，一千年青灯长卷、寂寞漫漫、无边无际的长夜，一千年风雨兼程不停息的行走，就是为了赶在你穷困潦倒、寒窗苦读的时光，陪伴你、爱你。在清冷的夜里，为你红袖添香，在透着寒风的窗户边，为你研墨铺纸。一段清苦寒酸的日子，我携带着生命全部的温馨，陪你，一起走过，一天，又，一天。

　　为了陪伴你，到金榜题名的那一刻；和你一起等待，你洞房花烛的那一天。

　　我早就知道，这就应该是我忘记的时候，忘记曾经的海誓山盟；忘记曾经有过的你浓我浓、缱绻缠绵。我知道，我们没有天长地久；我知道，我应该化作青烟消失，无影无踪，就像一切都从来没有过；我知道，夜深人静时，没有人会听见我在哭泣，灯火阑珊处，也不会有人看见我在跳舞。

　　可是，我还是要跳舞，要最后一次，最后一次为你跳一支舞；这个时候，你正金榜题名、洞房花烛时，春风吹过你的脸颊，你不知道，这是我为你跳的最后一个舞姿……

　　我好像被什么牵引着，回到了三生三世的故事中。可是，现实中我是个匆匆忙忙赶着去上班的女子，我冲进正要启动的电梯中。等待了许久，是不是过了一千年呢？我不知道。当电梯的门再一次被打开时，我看见自己一直还在一楼。原来，我根本就没有摁任何楼层。

　　我失魂落魄了……

等待的时光

冬天，没有雪，也少看到冰。冷只是一种借口，不想出门，哪怕是阳光的日子，也宁愿用朝南的玻璃幕墙把自己和清冷的空气隔断。所以，很少感受真正的冬天气息。

就是这样一个冬日的下午，我不得不外出办事，在玉皇山路口站下车后，发现比约定的时间早到了许多。人生就是这样，常常不是来得太早，就是去得太迟，于是，人生就会有许多错过。

无奈的我只好在路边徘徊。好在西湖边儿到处都会有一片林子、一方水域，四季都可以风花雪月，只要你有那样的心境。我就在那个无名的公园里和自然空气零距离，直面冬天。

想起 些诸如"您亲自吃饭"之类的无聊问候，我想，这也算是一次亲自感受冬的滋味了。

风吹过面颊，带着冷冷的飞刀；风吹过面颊，带着无数温柔的小手。这就是春天和冬天里风和风的不同。

放眼看去，寂寞的水域边，芦花不再洁白如雪，如秋收后的草垛，只剩下枯黄的枝干沧桑地伸向天空，如无语的叹息，有点苍凉的味道；木栈小桥下，不再流水叮咚，无人走动的小桥流水变得萧条、肃穆，平静得像失去激情的暮年。天气晴朗，风不喧嚣， 个非节非假的冬日， 片无名的水土，如一位安详平静的老人在阳光下默默地回忆从前的岁月。

　　只有那一丛柳枝还在坚定地绿着，似还没有完全从春天的梦境里苏醒过来，在风中依旧抒情地舞动着纤细的腰肢，也许她就是得益的向阳花木吧？

　　春夏秋冬，春和冬隔得那么远，冬和春又接得那么近。四季转换也如人生轮回——那个此刻和你隔着千山万水的人，也许前世就是你最亲近的人呢！

　　草木春秋，枯荣兴衰，花落花开，亦如月有阴晴圆缺，人有悲欢离合，这都是万不得已的事，除了坦然面对，又能如何？

　　就像早到了的我，只能平静心绪，从容地等待时间，像飘拂的柳条，带着春天的脚步，越来越近，越来越温柔……

　　岁月教会我们的是：要忍耐和等待。

第二辑
缘分天空

母爱的天空

穿越生死的母爱

　　一位母亲在地震中失去了生命，她生命的最后姿势是跪着的，因为她要用最坚实的姿势呵护一个幼小的生命，她像一位擎天的英雄。人性美丽的光辉灿烂着她生命的最后一刻！

　　是的，母慈子孝，一向是我们文明古国的传统美德。但这并不是说母爱就是一种理所当然，其实，这是我们应该倡导、弘扬的爱，也是我们应该用一生去感恩的爱！

　　听到这样的故事，我想对那个母亲用自己的生命保护下来的幼小的生命说：孩子，那会儿，你来到这个世间的时间并不长，在你还不懂什么是天、什么是地的时光，天崩地裂了。

　　是母亲，用爱凝聚成一种力量，为你撑起了一片天空，母亲的躯体也许并不强壮，但母爱却很坚忍，坚忍到可以承受一切灾难；母爱很无私，无私到可以没有自己，失去生命也在所不惜。

　　所以，你的天空是美丽的，有鲜花在一朵一朵地开放，那是母爱的鲜血开出的花；你在那片美丽的天空下，平静而安全。孩子，这样的时光，你和每一个饱餐后的午后一样睡着了，你的睡姿恬静、安详，你在梦中有甜甜的笑，梦见妈妈又是那样亲吻你。嗯，妈妈总是喜欢那样地吻你，常常吻得你"咯咯"地笑。

可是，孩子，你不知道，这是妈妈最后一次吻你了……

"亲爱的宝贝，如果你能活着，一定要记住我爱你！"这短短的一句话，耗尽了母亲最后的一点点生命的火焰，每一个字都那么铿锵，掷地有声，那是那些灾难的石头一块一块砸在母亲脊梁上的声音，像母亲的一声声心跳。

这是你一生中第一次收到的一条短信，本来妈妈不会这么早就给你发出这样一条短信，因为你还太小，你还不会读短信，你也读不懂短信。可是，孩子，妈妈等不及你长大了，等不及到了你懂得这一切的那一天了，如果这一刻不发这样一条短信给你，这一生就再也没有机会了。这是妈妈发给你的第一条短信，也是最后一条，这是妈妈把全部生命的力量加持到了你的生命中。

一个吻，一条短信，这都是一位母亲平平常常的举止，在这个特别的时光，却惊天地、泣鬼神，让全国的人感动得泪水潸然而下。

孩子，当你再次醒来的时候，你的天空是橄榄绿的，你看到了一位叔叔春天一样的笑靥，接着，是一张又一张亲切的笑脸，都是你出生以来看到过的最熟悉、最亲切的笑容，是母爱，不，应该是胜过母爱的大爱在延续。这时，你的母亲正带着沉甸甸的母爱，变成一个长着翅膀的天使，灵魂升华在我们的头顶之上，融入那一方天空的白云中……

也许，从此以后，妈妈再也不能抱一抱你，再也不能看着你一天天长大，妈妈的面容也会渐渐地变得模糊，但爱却会越来越清晰，穿透天地时空。这位母亲已经教会大家，爱是这个世界上最无坚不摧的力量。

母爱无敌！

妈妈的心灵花园

姹紫嫣红春光无限好，游弋于桃花似火柳如烟的西湖边儿，心中总是缠绵着婆婆妈妈的情结：若是能够陪伴老人们在这么美好的春花春柳之间散散步，她们的心情一定也会变得春光灿烂的。尤其是行动不便的老婆婆，已经是八十五岁的高龄了，她一个人是不敢出门的。在儿女们忙碌着谋生的时光，她只能一个人待在家中从电视上看看春花秋月。

趁着双休，我赶去婆婆家，小心翼翼地搀扶着她老人家去灵峰赏梅，去六公园透透气。看着婆婆开心的笑脸，我可以想象热爱大自然的妈妈若是走进太子湾的那一片郁金香和樱花林中，一定会笑成一朵花的模样。特别是听妈妈说找不到同伴一起去赏花时，其实，我也是很想陪伴妈妈去踏春的，只是觉得婆婆更弱势、更需要帮助。

我只有在上班的午休间隙去看看父母，琐琐碎碎地跟他们聊聊家长里短。我给妈妈看替婆婆拍的照片，告诉妈妈，婆婆夸我细心，有我搀扶着出门她就很放心了。就像小时候告诉妈妈我考试得了 98 分一样，妈妈总是提醒我不能骄傲。妈妈说："你婆婆夸你，并不是说你做得特别好。天天和老人一起生活、照顾老人起居的那个人才是最辛苦的，而且常常会落得个吃力不讨好的结果。因为天长日久的陪护难免会有不周到的地方，尤其是稍微有点不耐心，老人往往会误认为久病床前无孝子了。而偶尔去看看老人，陪他们说说话，替他们干点活的小辈反而容易得到老人的夸奖。"

我觉得妈妈的话讲得很有道理，以前一直很机灵的婆婆，随着年龄的增高似时有糊涂的状况出现，前不久的一天，我陪她去银行取钱，她很固执地把一千元钱理解成一万元。我心中暗暗担心：婆婆会不会冤枉我是个贪婪的儿媳把她的钱占为私有啊？只是婆婆犯糊涂倒也罢了，只怕连家中的兄弟姐妹们都一起误解了我呢。一向不让女儿受一点点委屈的妈妈，这一回破例没有像以往一样一味地袒护我："婆婆她老人家这么大的年纪了冤枉你一回也没什么要紧的，即使兄弟姐妹们都跟着冤枉你，也不要太计较，做人要善良，还要包容、大度。你有时间，应该多去看看婆婆，毕竟你公公不在了。我们这里不要紧的，我和你爸爸两个人可以互相照应，相对来说，我们年纪也轻一点。"

或许是妈妈为了让我不要太挂心吧，她说，她在阳台上种了许多花，拍照片也不比公园逊色——那一株粉白色、一株蓝紫色的风信子，在大大的叶子上，像一双翠绿的手掌捧着一嘟噜一嘟噜的珍珠；还有一枝枝红色的郁金香亭亭玉立于花墙之上；尤其是那一树山茶花，花朵坠满了枝叶间，一朵一朵又红又艳，和李清照的"绿肥红瘦"正好相反，红花比绿叶更多、更壮硕。以前一直觉得艳俗的山茶花，经由妈妈的手浇灌、培育之后，看着像劳模或是平民英雄胸前的大红花，那种美丽充满着一种道德的力量，我知道，那是妈妈充满着慈爱、向美向善的心中有心花在怒放呵！

灯芯绒，妈妈抚过心灵的手

连日阴雨之后，第一缕阳光照在身上，暖暖的，像一件灯芯绒的衣裳，包裹着我无数个纤纤细细的念头。灯芯绒这个词就是这样，带着诗意和温暖，带着柔情和馨香，一直是储存在我心中最温柔的那一部分，每每在我感觉温暖的时光就会从心底里泛起。

灯芯绒一直是那样从容不迫，仿佛呼之欲出。不管时尚的风向标如何周而复始地轮回，灯芯绒一直是安静、温和、毫不喧哗地陪伴我们的左右，从奶奶的奶奶那一辈开始经典，那一袭红红的立领的中式外套，从娘家的一堆新嫁衣中，一直陪伴我们走过人生的春秋，默默地温暖着我们的身心。

曾经在下雪的冬天穿着妈妈亲手做的那双大红灯芯绒的高帮棉鞋去上学；曾经用粗条纹的黑灯芯绒为自己度身定做的那一条长裤；曾经穿一条碎花灯芯绒的大摆长裙摇摇曳曳走过街头；曾

经在一个午后暖暖阳光下，手执一杯红茶，着一身咖啡色的全棉灯芯绒休闲服，奢侈地度过一段悠闲时光……有谁会说，从小到大，从来没有听过这种毛茸茸的触感传递着亲切的问候，从来没有闻过柔软、蓬松的质地散发着经久不散的棉花的香味？

在我的记忆里，一直是玫瑰红的灯芯绒衣服伴随着我三五岁的幼儿园岁月。那时，我有两件一样是玫瑰红颜色的娃娃衫，一件是妈妈托人从上海带来的，圆圆的领子，胸前一排细细的小褶子，领子和小口袋上都绣着绿绿的草和红红的花。心灵手巧的妈妈，为了让我有换洗的衣裳，又去扯了同样的灯芯绒面料，照着样子给我缝制了一件，虽然没有了精致的绣花，但妈妈特意给我钉上了像糖果一样别致的扣子。所以，我在一群孩子中，总是耀眼的、干净的，邻里的大婶大妈们见了我就说："娘能干，囡享福，吃鱼吃肉，穿红着绿。"

温馨的灯芯绒就这样包裹着我的幸福童年！

厚实、持重的灯芯绒，穿越了年年岁岁，像我们温馨的记忆，永远清新地伴随着我们的生命。在变幻、喧嚣甚至有点嘈杂的面料市场，不用寻寻觅觅，灯芯绒总会在一个恰如其分的地方守候，不像那些叫不出名字的进口面料那样"哗众取宠"地炫耀，也没有绫罗绸缎那种"娇生惯养"的精致，更没有羊绒般"飞扬跋扈"的高调。它的本质是朴实无华、平易近人的，却带有着一种含蓄而内敛的霸气，云淡风轻地带着张爱玲式的孤傲，一种与众不同的气质，沉稳而厚重，是一种隐忍的狂放。

也许，像我这样对灯芯绒情有独钟的人，内心深处也一定是至情至性、执着浪漫的。我觉得孤独、寒冷的时光，就会穿上灯芯绒的衣裳，感受着凹凸不平的布面轻轻摩挲着我的肌肤，一种绵绵的细腻又稍稍粗糙的磨砺感，像妈妈那双灵巧、善良，又长着老茧的手，不经意间，就触碰到了心底最柔软的部分。于是，一种美好的东西重新席卷我的全身。

在这个有些凉意、有些多愁善感的季节，灯芯绒是昏黄烛光中静静燃烧着的一剪灯芯，温暖着我们的视线！

妒忌贾君鹏！

"贾君鹏你妈妈喊你回家吃饭"，这是 2009 年 7 月 16 日，网友在百度贴吧魔兽世界吧发表的一个帖子，随后短短五六个小时内被 390617 名网友浏览，引来超过 1.7 万条回复，被网友称为"网络奇迹"。"贾君鹏你妈妈喊你回家吃饭"也迅速成为网络流行语。贾君鹏事件可以理解为一次互联网行为艺术，一次贴吧文化狂欢。

有人说，这说明了网民内心生活的空虚寂寞；也有人说，这是慈母对沉湎于网络的游子的呼唤，而对我来说，这是一串串温馨的回忆。这句儿时在街边玩耍时常常会听到的熟悉的喊声，我今天的认识是——有妈妈喊着你去吃饭的孩子，都是宝。很多年了，我就一直是这样做着妈妈的宝。

而当年的我却并不是这么想的，常常在我玩兴很浓的时候被叫回家吃饭，我的心中充满着不快，甚至是抱怨和牢骚满腹："吃饭，吃饭，吃饭就这么重要吗？"多么不知好歹的牢骚啊，我很想问一问当年那个无知的自己：不吃饭能活到今天吗？其实，那个自以为可以不食人间烟火，却依旧温饱无虞地活着的我，并不是因为生命的奇迹，而是因为父母厚重的赐予。

我现在想起这些，是因为前几天的一个清晨，我在上班的路上碰到刚刚从体育场晨练回家的妈妈，妈妈对我说：你是去开运动会吧？我看到体育场上挂着"新闻界运动会"的红旗呢。

我告诉妈妈：我现在已经不算新闻界的了。妈妈说，怪不得那些人里没有你呢。可以想象，妈妈关切的目光一定已经在那个人群里往返循环地扫描了许多遍，一定是因为没能看到她的女儿而记挂牵念，并迟迟不肯离开。就像多年以前，不知道有多少回，妈妈急急忙忙地赶在她上班前为我送早点，怀里揣着热乎乎的煎饺、包子，在学校操场上的升旗队伍里目光急切地捕捉着女儿的身影。那时的我常常因为起床晚了时间来不及，因为没胃口，甚至只是因为叛逆而不吃早饭。

妈妈跑着、追着叫我吃饭，而我却常常不听话、不懂事地怪妈妈小题大做："一餐饭真有那么重要吗?"不知道天高地厚的我哪懂得民以食为天啊！直到自己开始为三斗米折腰，开始为糊口而奔波劳顿时，才渐渐地明白了吃饭对于人的意义。特别是工作以后，为了采访任务，为了应酬，为了生计，请人吃饭或者是人家请我吃饭，饭局里边包含着太多的内容，很伤胃。这时，才明白，妈妈喊我回家吃饭是多么单纯的吃饭啊，单纯到纯粹是为了生命的能量。

年复一年，妈妈还是一如既往，一次又一次地叫我回家吃饭，特别是到了年节边儿，更是一声声地呼喊。直到有一天，妈妈真的老了，再也不能一大袋子一大袋子地买菜，一大桌一大桌地做饭了，妈妈对我说的话就变成了：你工作忙，不要老是回家来看我们，我们好着呢。

眼看着就要过年吃年夜饭了，不会做饭的我常常会因为订不到饭店的座而发愁，这时，如果有人说："珍珍，你妈喊你回家吃饭了！"将会是多么幸福的事呵，说明妈妈还年轻健康，还有力气张罗饭菜。

此刻，我真有点妒忌贾君鹏！

婆婆也是娘

幸运的我不仅有一位百般疼爱我的妈妈，而且她还让我懂得了一个真理——天下的妈妈都是一样爱孩子的。所以，从小到大，只要是妈妈级的女性，我都会心无遮拦地去亲近她们，所以从师长到隔壁邻舍的"妈妈"们几乎都会对我生出格外多一点的怜爱之心。记得学生时代的我，被同学们叫得最热门的一个绰号就是"干女儿"。工作之后，我更是和那些"妈妈"同事、受采访对象或作者打成一片，俗称"忘年交"，而我却更愿意称她们为"母亲式的朋友"。李妈妈就是我这样的朋友之一。

　　因为工作而认识了这位慈祥善良的老人，也许是因了我那根长年不变的长辫子让她想起自己年轻时的模样；也许是因为她自己只有儿子没有女儿而把对女儿的美好想象都附加在我的身上了；又也许是我习惯性的乖巧女儿式的言行触动了她的母性细胞，反正在不知不觉中我就在她的心上了：她记得我的饮食习惯和一些细小的爱好，常常买一些小零食给我，偶尔还会给我买一件衣裳或是一方围巾什么的，完全和妈妈一样的行为方式。她对我不仅是关爱有加，空闲时，我们也会像母女一样唠唠家常。

　　有一回，她悄悄地对我说，她的一个儿子因为一方出轨而发生了婚变，在她的讲述中，对出轨轻描淡写而对婚变心痛不已，并多次叫着儿媳的小名心心念念地告诉我，她是多么疼爱和喜欢这个儿媳呵，就像是在说自己的女儿一样，说儿媳很乖，是很讨人喜欢的一个孩子。还说像出轨这样的事情，有时也是一时犯浑身不由己，人又不是神，打个瞌睡犯点错也是正常的事。我想当然，以为那个犯浑的人一定是老人的儿子，她这样说只能说明她是一位很包容的母亲。

　　每次出远门时，就像对家中的亲人一样，老人习惯于把她的行踪告诉我一声。这次春节前，她也和以往一样来告诉我他们二老准备外出过年去。也许是每逢佳节倍思亲吧，她又一次对我说起了她的前儿媳："听说她一直过得不好，因为和她好上的那人是有妇之夫，最终也没能给她一个家。她只好回到娘家，那里房子又小人又多，她自己也没有一份稳定的工作，这样的日子一定不顺心的。我常常想她，真希望她能够回来啊！"这时，我才听明白，原来出轨的人是儿媳啊！如此大气的婆婆，我不由得对老人又多了一分敬重。

老人很开明、很善良："其实我一点都不责怪她，只有心疼她，记挂她。她一直是个懂事的伢儿啊。"我不由地对那位不相识的女子责备起来："她真没良心，也不知道给你打个电话问候一下，或者是来看看你。"没想到老人立刻像呵护女儿一样反过来帮着她说话："她一定是磨不开面子吧。其实，我倒是有好几次想打电话联系她的，但又不知道儿子的心里怎么想的，怕儿子不高兴。我想趁过年团聚时，好好和儿子聊聊这事，希望儿子能够大度一些，念在往日的情分上，他们可以破镜重圆。"

真的是可怜天下父母心啊！在这份对儿子和媳妇一视同仁的父母心中，我看到的是一种更包容和宽厚的浩大母爱，不由得又一次感慨：婆婆妈妈本来就是一个词，婆婆怎么会不是娘呢！

向我的军人父亲敬礼

敬礼！老爸

　　父亲生命中最年轻有为的二十三年是在部队里度过的，那无怨无悔的青春岁月，也是父亲的黄金时代。他常常絮絮叨叨地向我们讲述自己所在的军队是一支怎样威名天下的军队："看过电影《东进序曲》和《红日》吧？还有京剧《沙家浜》，里边讲的都是我所在的部队的战斗故事呢；还有抗美援朝中的特级英雄杨根思也是我们这支部队里的。"

　　父亲对这些影片、戏剧和文学作品看了又看，百看不厌。他一直为自己作为这支英勇部队中的一员，感到光荣和自豪。"中国人民解放军是解放穷人的军队，是举世无双的伟大军队，能够加入这样的军队是人生最好的选择和最幸福的事。"这是父亲始终不渝的信念。

　　后来，爸爸的两个弟弟——我的二叔叔和三叔叔也都相继参军入伍，成了中国人民解放军。在那个随时可能上战场的年代，父亲志愿报名参军，不但成了村里年轻人的楷模，作为长子的他也是家里三兄弟的带头人。

　　在那些年代，军人是一个多么诱惑的名词呵；那些激情燃烧的岁月，年轻的女孩谁个向往那一抹橄榄绿呀，给部队的战士写一封信，两地书，是那个年代最经典的浪漫，估计不亚于现代女生对于明星、富二代的向往和追逐。

父亲是那么热爱那一身军装，总是舍不得脱下来。记得那些炎热的夏天，爸爸总是领章帽徽地穿戴得齐齐整整才出门，风纪扣儿照例扣得严严的，我以为他就是为了让那个站岗的警卫兵向他敬礼才如此的。因为小时候，我在军营里发现过这样一个细节，警卫员只向穿戴整齐的军人敬礼。

其实，那只是父亲热爱军队的一种表达方式。即使爸爸后来复员到了地方上，依旧舍不得那身军装，只是没有了领章帽徽。尽管现在空调、鸭绒被、羊绒毯等物质很丰富，但那件军大衣一直盖在他的床上，那是他对部队刻骨铭心的至爱，甚至，连我妹妹的名字——王学军也毫不掩饰地传递着他对军队的感情。毕竟是二十三年的军旅生涯啊，那也是父亲生命中最辉煌的岁月。要是听到谁对军人口出不敬之语，他一准会暴跳如雷。

一向知道这些禁忌的我，有一次一不小心还是犯了戒。记得在看一个电视纪录片时，情不自禁感慨了一声：看这些大兵……

虽然我只是轻轻的一句叹息，但敏感的父亲分明是听到了话里藏匿着的那分轻慢和嘲讽，他即刻拍案而起，破口大骂："你这个畜生，你是谁生的呀！并挥动拳脚准备给我弄点苦头吃吃。把一旁的老妈也给吓住了。我破门而逃，恨不能立马在马路上碰上一个男人，管他是不是地痞流氓把自己给嫁了，从此不再回家。

不过，最近静下心来认真地听了父亲讲的往事，对父亲有了一种从人性上的理解，其实，那只是父亲以他自己的方式棒喝、唤醒下一代对他这位老兵的情怀的理解，教育我们要懂得给予军人应有的尊敬和感恩。当然，现在的我对父亲的敬和爱更多了，早年间那种不可理喻的"怨恨"早已消失殆尽，并深深为自己曾经的浅薄和无知愧疚。

也许，我学不会军人的姿势，但是，爸爸，请你接受，女儿以自己的方式向你敬礼！

我老爸最棒！

因为参与电台的一档节目，我有一次提到了曾经是军人的老爸，被另一档军事节目的主持人听进去了，就跟我联系，请我爸爸去电台讲一讲当兵的岁月。我想都没想就替老爸满口答应了。我一直以为爸爸总在唠唠叨叨的那些往事平日里太缺少听众，很寂寞的。

可是，我回家一说，爸爸却一口拒绝了："不去，不去，我年纪大了，记性也不好了，许多事情都忘记了。再说，也没什么好讲的。"其实，深层次的意思我听懂了：老爸是在和平年代当的兵，没有打过仗。因此，他有些中气不足。不像我们，知道一点皮毛的事也敢漫天狂吹。相比之下，老人们都是很谦虚、低调的。

但我再三恳求老爸，还拉了老妈做说客。最终老爸还是为了"女儿已经答应人家"的缘故而准备"豁出去"一次。接下来的日子，老爸就开始备课。

三五天后一个雨雪交加的大寒天，我带着老爸深一脚浅一脚地奔赴电台的录播室。估计主持人和我的担心一样，所以柔声对老爸说："大伯，你不用紧张，我们这是录播，要是错了可以重新来过。"

只见老爸胸有成竹地略一点头，就开始讲述了，出于意料的是，虽然老爸的普通话比我的更不普通，但语调沉稳，讲述流畅、自如，很"hold"得住。

说到兴头上，老爸还亮开嗓门即兴唱了三首他们那个年代的流行歌曲。找从来没有听过，不知道歌曲的音调、韵律和节拍是不是准确，但却能够听得清歌曲中每一句激情燃烧的歌词。那么朴素、平实、纯粹的歌唱，不含一丝杂质，那是一种和歌唱家们完全不一样的真诚和激情，加上此情此景，让人怦然心动。把我和主持人的眼睛都唱湿润了。

这次录音非常成功，主持人告诉我，老爸是去录播室接受采访的最年长的一位老兵，讲得最为深情、真切，字字句句由心而发，毫无功利。老爸是全身心沉浸于一种感恩和幸福的回忆之中的，所以，他没有心情留给紧张和怯场。

老爸讲得真的是出乎意料地好！只是平日的我们常常会饶有兴致地听着孩子们的牙牙学语，会很认真地从他们的"咿咿呀呀"中听明白一句完整的话而欢喜雀跃；却很少静下心来听老人们完整地讲述一件事情，以为老人都是啰唆的"奥特曼"（英文：out man，背时的人之意）。

后来，老妈告诉我：因为你的一句"爸爸的歌唱得真好"，你爸昨晚整个晚上都在"咪嗦啦嗦"地唱歌呢！看来，父母和我们是一样的，他们也需要子女的鼓励和赞美，正如从小他们常常对我们说的那句"囡囡真乖"一样，这样的赞扬和鼓励，让我们懂得什么事是我们应该去做的，让我们在成长的过程中渐渐地学会行为规范并明辨美丑是非。今天的我们，也会学着从前的父母的样子，去称赞和鼓励孩子们，却很少想到，父母也需要得到子女的认可呵。

所以，就在此刻，我邀请天下的女儿和儿子们与我一起，给力地叫一声——我老爸最棒！

妹妹的红毛衣

妹妹，你还记得这件毛衣吗？

一件很美丽的毛衣，石榴花的颜色，扣子上有翠绿色的叶子点缀。我很喜欢。记得当时我就这样毫不掩饰地表现出自己的占有欲。

但那一次你没有像平时那样，顺着我的想法说，你喜欢就给你吧。害得我只好厚颜无耻地直接说出来了：你去的地方长年夏天，毛衣根本穿不上，是不是考虑给我呢？

出乎意料地，你拒绝了，你说，因为这不是一件普通的毛衣……

我明白了，这是一个属于你的美丽故事。只好不再横刀夺爱。

我是已经有够多的漂亮衣裳，都是明媚鲜艳的，像花一样的颜色，而你并不多这样的衣服。给了我，对于我只是多了一个数字而已。虽然我是姐姐，但我确实是一个被宠坏了的女儿，更多的时候是你在让着我。那一次，为了不让我太伤心，你还特意给了我一件白色绣花的棉布小短袖，是邻居小胖送你的。我喜欢了许多年，一直到穿破，我还惋惜了许久。没有再能买到这样好看的衣裳。

二两年后，你回国探亲，又特意把红毛衣带来给了我，意味着你的一个情感故事终结了。

于是我收藏了，几乎没怎么穿过，不是因为不喜欢，是因为我有太多的红毛衣了。但每次翻衣柜看到毛衣就会想起你柔顺大度的样子，想起你的种种好。我也很想像模像样地做一回姐姐，可惜我们生活在两个国家，相隔实在太远。

最近有一天和你 QQ 聊天，问你还记得这件红毛衣不，我想寄还给你。你却说一点都不记得了。还反问我，有这样的事？看来，一个故事真的已经被时间结束了。我明白了，这个世界上，并不是所有的东西都可以还得清，比如说，欠下的种种情。

如果，真像你说的那样不记得了，那就表示你已经放下了，那又何尝不是件好事呢？至少，送出去的东西，你就不再去记挂；不像我，这么多年，我一如既往地坚守着自己的长辫子，喜欢自己一直喜欢的东西，我是什么都放不下呵！

其实，放不下的有许多只能是自寻烦恼。因为这个世界上的好东西太多，你不可能拥有所有。有的东西即使看似属于你了，但也有可能只是一个美丽的海市蜃楼，你永远不可能拥有不属于你的故事。有时，执着于某件事、某个人，或者是某一段情，只会让痛苦的根越扎越深，忘记倒是一种自我放生。

好在时光是一帖慢慢煎熬着的中药，许多伤痛都会被时间治愈。只是我们生命中没有大把的时间可以用来煎熬的，所以，该放下时还是放下了吧。就像妹妹忘记了那件红毛衣的故事。

我的小朋友们

雷人小男生

因为在博客上很久没有文章更新，常常有朋友询问，故撰写了一个"本博讯"：日前，在中考、高考一片考声中，本博主也未能幸免，被一"00后"小男生的考题雷倒，吓至昏迷数日，几乎在博客江湖上失踪。

该小 P 男生叫老眠，是我的老妹辛苦制造的作品，系 21 世纪最新出品，产地新加坡，学历为出生地小学一年级在校生。记得2005 年 10 月，他首次登陆中国，在异域他乡，该学龄前男生胆小如鼠，紧黏着他的妈咪不放，甚至于多次"不知羞耻"地跟随其母进入女性 WC，我多次教育他无果，恨！

仗着能说几句洋文，时而和他 English 一下，他会小小高兴一下，也舍得离开他亲爱的妈咪一刹那。可能是找到了他与生俱来的环境中的某种熟悉的东西吧。一次看到他穿了新鞋子，就说：Oh！Beautiful new shoes！（哦！好漂亮的新鞋呀）他随即很炫耀地问我：This is whose new shoes？（这是谁的新鞋子呢？）如此 chinglish（洋泾浜英语），我大肆对其的英语语法进行嘲笑。不过他也通过妈咪之口将了我一军："为什么我只有两只脚，但我有一次摔跟头了，阿姨却说我四脚朝天呢？"

其实，我经常说一些"四个头的字"骗骗小孩的，自己也说不明白什么意思，所以就蛮不讲理：你两只前脚加两只后脚不是四只吗？还恶狠狠地加了一句：我又不是语文老师，哼！

真没想到，时隔4载，有点学历的老眠卷土重来，一见面就给我出了一份试卷，是专门替英语老师度身定做的，我想逃避考试也没有门——有一个英语老师上课时说："You can die."同学们都不声响，你知道为什么吗？我想都不想：这么简单的问题，是学生不听话，老师生气骂人了：你去死吧！

老眠如蒙娜丽莎般神秘微笑：不对！然后又很无城府地提醒我：是汉语拼音呀！我大汗：我拼音很烂哦！老眠娘立刻及时跟进：都告诉你答案了——尤灿蝶呀！

这下我才如梦初醒：原来是一个和我差不多傻的英语老师在一个新的班级里点名呢！我还是一个中国的英语老师呢。这下糗大了。

从此，不敢小觑老眠同学。可该同学的试题不断：你们这些大人都叫我们小孩子是"老眠""老月""老贝"，那外婆呢？叫她"老外"还是"老婆"？雷得我又一次晕倒。

我很真诚地说：饶了我吧，老眠，我服了，心服口服，还不行吗？

老月的礼物

前两天，侄女老月说给我买了生日礼物，激动得我心狂跳。这么热的天，一个娇滴滴的"90后"女生特意去给我这老姑买礼物，很是于心不忍。老月却说："应该的，应该的。以前老是忘记了。"如果让我说句老实话，我是谁的生日都不记得，大多数人的生日我根本就是不知道的。以前倒不觉得什么，这下被老月一比真的是：预制板搁到硬纸板上头——搁不牢了哦！

还来不及检讨我的粗糙，老月又扔一重磅炸弹："主要是我去的那家店很符合你的气质啊。而且那个老板娘长得跟你很像。"

原来，老月的心里不仅记着我，还存放着我的气质啊！我倒是很想知道自己在老月心里的"气质"是什么样子的，我忍着不问是什么礼物，但心里又忍不住地想快点揭开谜底。

"礼物会放在奶奶家。有空去拿啊。"

屁颠屁颠地跑得跟这夏日的天气一样的满地阳光灿烂，一进门老月她奶奶就大声地告诉我：喏，老月的礼物在那里。

一个很梦幻的半透明的小兜兜里，装着老月对我的气质的解读。迫不及待地拆开来一看，是一个很波希米亚风情的手链，仿佛本来就是我的，居然是一种失而复得的欣喜。我戴上，立刻大叫一声：生我者老月的爷爷奶奶，知我者老月也！

再一看还有一根编得很精致的彩色的丝线，老月告诉我："那是许愿绳。你可以戴手上，扎头发也行。会有好运伴着你的。"没想到老月的礼物比我的理解有更丰富内容！我想许的第一个愿当然是：假如有来生，让我再和老月做亲人啊！

我只恨自己不是欧·亨利，不能弄出一篇《麦琪的礼物》来表达自己的感动。

其实，很多时光，我们对孩子充满了成见，比如我就一直以为老月是一个很自我，只知道接受不懂得付出的小女孩。完全忽视了她那么细腻，那么善解人意的一面。我发誓：我以后若再说老月是脑残的"90后"那样的话，我一定自己跑去医院向医生坦白：我已经脑残了。

我现在想说的是：老月啊，早知道有今天你会对我这么好，我真后悔当年自己做了那么多太对不起你的事了——你不过是想当一回我的救命恩人东郭先生，请我出演那只忘恩负义的狼。但我没有好好地珍惜那个机会，配合你的导演。还有一回，我和你争着抢着要演《情深深雨蒙蒙》中的女主角依萍，其实，地球人都知道，我长得确实更像你分配给我的那个配角方瑜啊。

想起这些，我真的很后悔！

假如，一切可以重来，假如你还希望我去做你童话中的演员，别说是只有你爷爷奶奶做观众，就是让我去黄龙体育中心演给全市人民看，让我演毒蛇猛兽我也干！

哈嗳，同学！

时光在你的身上涂抹着一层层颜色，是时代印记和日子的积聚吧，阳光依旧是你的主色调。盛夏随着你的到来骤然而至，就像你不由分说地成长，令我猝不及防，许多惊喜夹杂着绵绵的忧伤——许多生动、有趣的细节都来不及经历，或者说是无缘分享，就这样不由分说地任时光匆匆流过，我自枉然叹息。

从我珍藏的故事堆里，随便找出一个来读，都是你从前那种过分的乖巧：在外婆家的餐桌边，牙牙学语的你津津有味地吃着心灵手巧的外婆专门给你做的葱油饼，快速地和我一问一答："好吃不？""好吃。""香不香？""香。""脆不脆？""脆。""酸不酸？""不酸。""辣不辣？""不辣。"仿佛你天生就知道酸甜苦辣和香臭的区别，外婆在一旁吹捧：我们贝贝是天才……想到那样的岁月不再回来，心就隐隐地疼痛起来。

哦，老贝，我的儿子，说起你远没有像说老眠和老月那样的轻松和潇洒。敲打键盘的双手有些凝重，像这些年以来，我的许多无奈、无助联结而成的万不得已。

虽然从来不需要想起，永远都不会忘记，却也有许多和自己千万次的想象不一样的东西跟随着你而来。一种叫作"陌生"的东西时常在切割着我的情绪，虽然如刀断水水更流，但也时常会让你我之间的沟通出现短暂的断线状。

那份"陌生"不是我以为的你那"非主流"形象，也不是你从崇拜到质疑的叛逆，更不是你少年人特有的轻狂，而是我不敢如同对老眠、老月那样轻松地调侃。

就像你在和我争论"木糖醇是糖还是醇"时，你说："你只是一个记者，不可能知道所有的事，而我以后是要考医大做医生的，这是我生物课时学过的专业知识，我当然比你要懂。"

我无语。

是的，你在提醒着我，越大的孩子我越是无法搞定，我不能像对任何一个小朋友般任意抒发幽默感，和你说话的语气变得严肃、郑重：我所知道的东西毕竟有限，对于人生，我能说得出的又有几何？社会和生活才是人生的最本真的读本，但愿你能找到良好的阅读方法和合适的阅读视角，并从阅读中汲取有益于人生的养分。

从这个意义而言，你平时叫我"同学"也许是最合适的称呼，在社会的大课堂里，我们谁能说自己已经学会了人生的所有课程？

我学习，和老贝同学一起。

你自称"阳光男孩"，却是一个比任何女孩都怕太阳的同学，每一次外出归来，都要在镜子面前注目，自我审视许久，叹息：又晒黑了。我也开始重新编辑自己的价值取向和审美标准。我知道，那并不是我和你之间的分歧，而是代和代之间的沟壑。就像我一直以来刻意要求你做我假设的男子汉，而你只想做一个被许多女生追得不敢在太阳底下露面的帅哥。

常常听朋友们感慨：看不懂现在的孩子。我也一样，老贝同学，读你，就像是在读一首酸涩、朦胧的诗，那些熟悉的文字在时空中跳跃，我无法读懂其中的每一个句子，却不会减少我对诗歌的喜欢。

于是，我把只属于我的愿望，连同你带着阳光气息的故事一起收藏了吧，并及时修改着关于爱的内容——理解、体谅并接受你的所有，就是我此刻爱的全部。

如此，还能做你的同学么？

天天长大了

天天说："姑姑新买的这条裙子太小了，我穿不上，我看给王珍阿姨穿吧。"天天的妈妈，我的好朋友，在把这一条非常漂亮的牛仔裙交给我时转达了天天的原话。

我好喜欢！天天的话，还有这一条漂亮牛仔裙，童话一样美丽人心。

天天的妈妈看着我欣喜地拿着裙子比试，也许怕我觉得自己太扮嫩，好心建议：可以把那两个口袋上的装饰拆了。

我坚决拒绝了！

我不愿意把天天送我的那份年轻和纯情打折扣，要全盘接受。

回家，穿上裙子，照镜子很久，想起许多美丽的往事，和天天有关——她出生后，她妈妈不再像姑娘时那样天天和我黏在一起，每次看到我，总是说：我女儿……而我总是很不近人情地打断：真俗气，老是我老公，我女儿的。我觉得天天的出现抢走了我的好朋友，很生气。当然，这些天天是不知道的，她和她妈妈一样，天生就跟我亲近。这让我在心里对她有一点点负疚。

天天是个冰雪聪明的女孩，绝对不是因为她送我裙子才如此说的。她三四岁时曾经口"写"一首诗歌，由她妈妈记录后贴在她家墙上，并在电话里为我朗诵了一遍。从那时起我相信，她是神童诗人。后来，她上初中时曾经写过很美丽的文章，我还以为她一定会成为著名作家中的一员。不过，她后来学的东西和作文一点都没有关系。

初长成的她家女儿曾经一次又一次地惊艳了我，不知道从什么时候起，情不自禁地喜欢上她，不可救药。

有一次，在路上碰到她们母女，她妈妈把她从自行车后座的宝宝椅上抱了下来，小小的她，大概四五岁光景，穿的就是一条背带牛仔裙。她稚气的笑容，文静地站在一旁，耐心地等候我和她妈妈没完没了的絮絮叨叨，不吵也不闹。我对她的印象永远停留在那美丽的一刻。

总是浅浅地笑，礼貌、文静的样子，仿佛从来都不曾有过少年时期的叛逆和张狂，时间和学历，只是厚重了她的知书达理，在四年的大学时间里，她轻松搞定了双学位，现在就要出国留学去了。

也不知道从什么时候起，我对她由喜欢改为崇拜，因为她学习的金融专业是我最软弱的那一根肋骨。所以我常常会情不自禁地讨教。每当这样的时光，她依旧不改谦逊的本色："其实，我才学了那么一点点皮毛，我又能说得出什么呢?"

但我还是从她那儿学到了——原来，低调是要有成本的!

天天真的已经长大了。只留下我依旧带着童年的心情，看着天天穿不下送给我的裙子发呆……

我的朋友缘缘

一位朋友无意中说起他老婆要开一家饭店。我这人见风就是雨，立刻豪情满怀地说，我也想开一家，我跟她合作吧。估计他并不是很了解我，就在我和他老婆之间热心撮合，约好在一间茶楼见面聊聊。他老婆是一位实干家，三句话后就定义我:有情调、有人情，朋友来了就有好酒好菜招待，朋友们都夸你王珍是个好女人，可这饭店就破产了。并一点不含糊地拒绝与我这个"败家子"女人合作。

我的伤心难免，认为她不"识货"，看不上我这个"人才"，但没想到她的女儿很有眼光地看上了我，替我端茶舀汤，还很体贴入微地说，这个银耳汤对你的身体有好处。好一个小可人啊！她给了我一个意外的惊喜。

小女孩圆圆脸、圆圆的眼睛，连那一盈笑也是圆圆的，所以她说她叫"缘缘"时，我立刻说，太对了，你应该叫"圆圆"。但她立刻很认真地纠正我，我是缘分的缘，是因为爸爸妈妈的缘……

再见到缘缘是在 QQ 上，她请我看她的空间。我读着那些超级可爱的文字，问她，初中几年级。她说，小学生呢。我真的吓了一跳，难道后生可畏已经可畏到了这样的地步？我和她说话就有了许多交流的成分。有一天，她突然说，要给我看她爸爸小时候的照片，我看了真的特别好玩，就建议她贴在博客上。她很认真地说，爸爸不同意的，因为你是我最好最好的朋友，我才让你看的。连着两个"最好"，说得我的心中柔情似水，还生出一股从今后要为最好最好的朋友两肋插刀的侠义之心。所以后来有一天她跟我说要写一篇生态方面的文章，让我替她找点资料，我立刻想到她爸爸是这方面的专家，就把她介绍给她爸爸，并请求她爸爸帮帮我的好朋友。

她爸爸听了我的介绍请求之类的语言，居然很不习惯：什么啊？我和她还要你介绍？

我安慰他，不要太不爽，你可能还不大了解我和她的关系——最好最好的朋友啊！而且你和她的父女关系是天生的，那是因为你命好；我和她是后天我们自由选择了对方的，这才是更符合我们意愿的。

后来，缘缘有什么事只要有机会就会和我招呼一声，让她爸爸觉得很奇怪，怎么他们家的新动向我都知道了呢？我就提醒他，我的最好最好的朋友在你家啊。他更惊讶了，她人不在杭州，难道你们还短信联络。我就提醒他不要太有好奇心啊，我们的联络方式是我们朋友间的秘密啊。再说了，你一个人大办主任，不去管人大的事，我们俩又不是人大的，你管不着的啊。我一番理直气壮的话，说得我最好最好朋友的爸爸猛汗。

自从有了这个最最年轻的最好最好的朋友后，我发现酷暑的夏日阳光变得明媚而不那么刺眼了，我想可能缘缘朋友是我心灵的空调吧，那样我就能感受到夏日的清风、冬天的太阳、秋季的明月和春天的花香了。我真是有福呵。

也许看着我的得意之色，会有人嘲笑我：搞不定大人，就只能搞定小孩。但是我要很郑重地告诉大家，不是我的智商像孩子，而是我的心灵像孩子。别以为搞定一个孩子比搞定一个大人更简单，小孩子的眼睛是雪亮的，亮得能照见你心中的一点点尘垢。不信，你去搞定一个像缘缘这样的朋友试试？

追不上成长的翅膀

曾经因为听人说：假如你不喜欢周杰伦，说明你已经老了。因此而知道了周杰伦那个高难度的说唱《双截棍》。那种叫 rap 的东西，说起来噼里啪啦的，用杭州人的话来说就像"狗吃热泡饭"。

平时还算伶牙俐齿的我，对着"快使用双截棍哼哼哈哈！习武之人切记仁者无敌！是谁在练太极风生水起！"我练得嘴唇发麻，牙齿打架，舌头抽筋、打结，吃尽了口舌之苦，好不容易练得有点顺溜了，很开心地逮到一个看上去有点年轻的人就说，我会周杰伦的《双截棍》，可人家说，只有大伯大妈才喜欢那玩意儿，还好心地告诉我，什么李宇春啊、张靓颖呀，俱往矣。

仔细看看侄女月月的动静，发现她那些日子非常着迷于"快乐女声"。每每听到诸如绵羊般"咩咩"叫声，就兴奋不已，雀跃欢呼。我说：老月，你好没品位呀，如此一个跑调、忘词、发嗲的傻子，你就喜欢成这样子？老月很生气：哼！如果你不喜欢她，你就不是"90后"！她说，她的同学都支持这个女生！

我怕从此代沟了，只好静下心来，认真地欣赏这位听起来像羊叫的女生的歌。可是听了数十遍，还是不明白她奶声奶气、口齿不清地在诉说着什么，只好上网搜歌词。一读歌词，倒真的也有几分喜欢她了——这女生还真的有点创作才华，那些词写得真不错，曲子也优美，只是唱得那实在是不敢苟同。但终究还是喜欢多一点了。

我很欣喜地告诉老月，我也喜欢她了，是不是可以做"90后"？与我的兴奋相反，老月只是淡淡地说：其实，我也不是怎么太喜欢她了。我觉得不可思议：为什么呀？难道兴奋点又转移了？老月说：时间久了就不喜欢了。

我又一次惨遭无情的抛弃，很失落。

想想也是，以他们那种日新月异的超常速度，我被老月们淘汰的为期应该也不会太遥远了，仔细看看，友二代（朋友的下一代）们一个个都长大成人，留给我们远去的背影——那个曾经是我"最要好最要好"的朋友缘缘，没有音讯了很久，有一天我问她爸爸：缘缘是不是长大了，不再做我的好朋友？缘缘爸爸底气不足：应该不会吧？也许是读中学了，没小学时空了……

现在的孩子真的就是天使，他们仿佛都是长着翅膀在飞速地成长，任我怎么追也追不上。我只好就站在原地，守着童年不放。

我被"00后"盯上了

我发现自己的朋友越来越年轻了，从"80后"到"90后"，近日似被一"00后"小帅哥盯上了。

先是遭遇了一位上世纪末生人——"学者型小学生"。

该学者为同事的女儿，还是她幼儿园时的一次假期，她随父上班而和我相遇、相识。我们一见如故，常常在一起探讨一些重大事宜。比如，肯德基的香辣鸡翅好吃还是鸡块汉堡好吃；又比如，要不要给她家的洋娃娃取名"如花"（因为她叫如画）。我们的讨论常常会很热烈，也常常很兴奋的样子。

我本来想倚老卖老做她老师的，但没想到常常被她教训，特别是多次和她分享我的丰富多彩的零食时，被她严正数落：你以为多吃会有什么好处？还有，她教会了我如何区别医生和护士（她妈妈是护士）："护士会打针，医生不会。"——原来，护士就是比医生能干！

近日，小学生的她来找我玩，依旧带点幼儿园遗风的她喜欢作画而胜过作业，三笔两笔成就大作一幅，说要送给我。我说得给作品起个名字，要四个头字的。她沉吟片刻，挥毫写下：春回大地。让我肃然起敬。她因矫正视力而戴一副眼镜，颇具学者风范，因此建议她落款为：学者型小学生。她欣然命笔。此珍贵作品现被我挂在办公室的门后面，便于我关上门悄悄地欣赏。

前些日子又有幸结识一"幼儿作家"——小鱼儿，也是20世纪90年代末生人。该才华横溢的小学三年级学生，正在《还珠格格（续）》的小说创作中。我从心里崇拜写大部头小说的作家，这是真的！尤其是听她说，4岁那年就完成了小说的第一章后，我对她崇拜得基本上是五体投地了，于是，我很执着地请求做她的粉丝——让我做鱼粉吧！

看起来她还是挺乐意的，不过觉得鱼粉不是很好听，但她还是基本认可我比她老妈和她更有共同语言，当即决定加我为她的QQ好友，让我很是受宠若惊。

和"90后"做朋友，还真的学会不少东西，虽然他们很夸张地叫"80后"女生为"大妈"，但他们自己又以"扮老"为时尚，通常因为忘记了某事或者因为一些小失误而自责——"不好意思，我老年痴呆的。"而我总是给予宽慰："我严重理解，我从幼儿园就开始老年痴呆了，不必担心，随着年龄的增长，此病会不治自愈。"

就诸如此类的共同语言而赢得了相当一部分"90后"的好感，具体的表现形式为不叫我隔着代沟的"阿姨"或者"老师"，一般都称我为"某某小朋友"或者"某某同学"。不过我不会因此而得意忘形，因为我真正了解他们，他们一般称自己的父辈为"小王、小张、小李"，而同学之间则以"老王、老张、老李"相称。所以，他们至多也就偶尔和我同学一下而已，且他们会因为学业日益繁重而快速长大不再和我一起玩"幼稚"。

最近一天回家，走到楼梯口，从一楼的一扇门里走出一位蹒跚小帅哥，扯着我的花裙子下摆喊："老西（师），肥（回）家了哈？"他妈妈立刻将他拉回去，说："不是你的老师，是邻居阿姨。"可小帅哥很肯定地说："她系老西（师）！"看来我的朋友又一次被低龄化了。

留住断线的珍珠

一直觉得"断线的珍珠"是一个用来形容泪水成串的悲情色彩的词语。

曾经，每次看着自己的眼泪像断线的珍珠般地落下来，常常会忘记自己因何哭泣，反倒去关注那些清清亮亮的泪珠儿，那些带着自己的体温和味道的泪珠儿，惋惜它们无声无息地坠落，跌碎在地里，消失。突然就有一种舍不得的感觉——真舍不得就这样将它们丢弃，真想把它们拾回来。

这些来自心灵的深处的眼泪难道是可以取之不竭、任意挥霍的东西吗？

有人说过，人身体的任何一个地方受一点伤都会流血，而只有伤及心的深处才会流出眼泪，泪应该比血更珍贵呀！《红楼梦》中的林黛玉就是用眼泪来报答贾宝玉前世的浇灌之恩，她的眼泪从夏流到秋，从春流到冬，直到红消香断，直到花落人亡……

终于明白了断线的珍珠的含义：感恩的泪、离人的泪、同情善良的泪，为爱为情为亲人而流的泪……都是长在我们心田里的珍珠呵。

于是，怕自己太容易感动，怕自己太会伤心，怕自己心中如珍珠一样的宝藏一点点地少去，流失，担心，会不会有一天再也流不出一颗泪珠？

仔细想想：有谁曾经珍惜过你为他而流的泪？我们又有谁曾经想到去珍惜有人为我们而流的泪呢？如果答案是没有，那么眼泪就是断线的珍珠，像没有回应的呼唤，像万不得已分离了的你我他，像似焚的忧心，像无人理睬的思念……

真怕有一天，断线的珍珠如难收的覆水。所以小心翼翼，不敢轻易流泪。一直在想：用什么方法才能挽留断线的珍珠呢？

前些日子发生的一件事，让我对断线的珍珠有了一些新的想法。那天，我们姊妹几个去宁波的舅舅、舅妈家，临别，舅妈恨不能把整个家里的东西都搬给我们带回杭州，在争争夺夺中，我手腕上的一串珍珠串线断裂，珠子撒落一地。

但很快被大家七手八脚地捡来，交到我的手上，居然一颗都没有少。

由此，我对断线的珍珠不再那么灰心和失望——

断线的珍珠，被亲情一一捡起，像一双双曾经替你擦干了泪水的手。

断线的珍珠，若有爱做的丝线，串起的思念、家人、分离的人儿，就是一颗颗美丽的珍珠，一颗颗，用心用情串在一起，是我们手心里的宝。

只要有爱、有亲情，有在乎你、珍惜你的人在，珍珠就不会断线。

朋友是一面镜子

　　女友阿莲有一天告诉我，她给我买了个电砂锅。我觉得很惊讶。因为我是个最不善煮和不好煮的女人，对锅碗瓢盆一向没有感觉。如果她送我鲜花、扎染蜡染，或者是茶具，我都会觉得很雀跃，却偏偏是一个砂锅？

　　但她告诉我，这样的电砂锅适合我这样不善煮和不好煮的懒人。因为操作简单，又不用费心去牵挂和管理，而再不愿意做也不会做饭的人都得吃饭，毕竟我们并非不食人间烟火的仙女。天！她看到我的骨子里去了。

　　她说了几次要把那个砂锅送到我家来，而我总是有各种事情忙碌着没空。而心底最真实的原因，一个是怕她这么热的天，特意送锅上门，走到七楼，太辛苦；还有一个根本的原因是我对做饭不热情。而她并没有因为我的轻慢态度而生气，还是在一个双休日的晚上，提着沉甸甸的砂锅来到我家。我接过来，感觉到这个砂锅的分量真的不轻。难怪我说我自己哪一天去拿，她一直告诉我，很重，你拿不动的。

　　她说还有一个原因是，她想来看看我的家，想象中我应该会布置得很整洁、温馨。依据是从前在报社，办公室总是搬来搬去的，不管搬到什么样的环境，我总是在第一时间，把自己办公桌和周边的地盘"装修"得又干净又有品位。虽然只是简单的过期年历画或者廉价的手工艺品，但我总能给自己一个与众不同的舒心小环境。看来，她一直是个有心人，关注着我的动向和细节呢。我的优点缺点被她说得清清楚楚，感觉比我自己更明白。

她把砂锅送到我家后，又很仔细地关照我几遍，正式开用之前，得先用清水煮沸几次，去净红色，方可开煮食物。这又是她对我的深刻了解，因为我实在是一个被妈妈宠坏了的女儿，这些烧煮的事我确实做不到位的。

后来，她又特意打电话问及砂锅好不好用，很难为情的是我还没有用过呢——总是有人请我吃饭。昨天吃饭时，朋友告诉我，我手上戴的两串手链是玛瑙，会越戴越亮的。这两串手链来自两位女友，都是开过光的。一串就是女友阿莲给的，另一串是前些日子另一位女友请我吃饭时，说，你手上一串珠链看上去挺孤单的，再给你一串，是开过光的。这样我就有了两串开过光的珠链了，有两份祝福。

黑玛瑙像朋友关注的眼睛，于是想起了这些温馨的细节，朋友的善良和体贴入微，以及自己的漫不经心和粗心大意……

同 事

人生总有朋友同行

几天前一个上午，一位平日交往不多的同事让我有空去一下她的办公室。随即放下手头的事过去了。她说，前些日子去上海，逛街，在一家店里看到一件东西，觉得你一定会喜欢，就买下来了。她拿给我的是一个头饰，蓝色龙凤大花布盘出来的葡萄结。和我平日喜欢的服饰非常相配。

一时凝噎无语，感激之情难以言表。

了解你的喜好，时刻记着，并会在可能时付诸实施，这不是亲朋好友，不是在意你、放你于心上的人，又是什么？

其实一些人说的"同事之间不可能有真心朋友"不一定对每个人适用。事实上，有许多人和我一样，有许多朋友是从同事中派生出来的，一直觉得同事本来就是有缘人。

从本质上来说，我是个不愿意有太多改变的人，比如找到一个自己喜欢的工作且能做到得心应手就希望一直做到底；爱一个人就想着不再分离，从一而终；喜欢一个朋友，就想一生一世做朋友；玩一种游戏也一直会玩很久……

然而，人生总有许多不可预测的变故，总有许多万不得已，让我们不得不一次次从头再来，让我们一次次去适应新的境遇。

　　适应性、可塑性不强的人，往往要经历一次次痛苦的"断乳期"。比如我每换一个新的工作总会有一段形单影只的失群孤雁期，一般所谓合群就是"进乡随俗"随大流符合一个群体的"风俗习惯"，而我往往是依然故我，倒不是刻意要标新立异，也不是执着坚守，只是惰性使然，懒得改变罢了。所以，我一成不变的古典穿着一般都会经历"大惊小怪"的目光的扫描，窃窃私语的"非议"，甚至于尖叫"好过分呵"的起哄，直到最终有人接纳或者说是习惯为止。

　　在一次单位集体活动时，在一家江南的蓝花布衣店门前，一群女同事玩笑说要捐款合资替我买一件蓝花布衣。我的心有点温暖，感觉自己正在从"一小撮"的另类中被解冻。接下来的日子，就有同事送我茶叶、花布袋子、茶杯等可心的小玩意儿，而这些都是友情的信号。

　　人以群分物以类聚，有人类的地方总有我们同类的人在，有人类活动的场所总有朋友在。比如人在旅途、聚会、生意、事业、博客、空间、QQ、MSN 等，都会碰到说得来谈得拢、互相欣赏、志同道合的朋友。

　　我们都是行驶于人生河流中的渡船上的乘客，一路走来，总有些人靠岸下船，又有些人踏上船来，我们的身边总有新新旧旧的有缘同伴一起行走人生，船行处难免有风有浪，也会有暗礁险阻，但我们不能因此忽视的有许多个海上生明月的日子，也一直有行船两岸的风景。

　　有人说：轮回的不只是人，整个世界都在轮回。我们看不见云了，不表示云消失了，是因为云离开我们的视线；我们看不见月亮，不表示没有月亮，而是它远行到地球背面去了；同样的，我们的船一开动，两岸的风景就随着移动；人的一生就像行船，出发、靠岸，船本身是不变的，但岸在变，风景和经历也就随之不同了。

朋友，不也是一种轮回么？

同事如鞋

瑟瑟的秋风、瑟瑟的秋雨，我匆匆行走在异乡一个景区的山路上，脚指头在湿透的鞋袜里冻得瑟瑟发抖。

想起自己来出差之前，我说要穿这双破旧的鞋子出门，同事急煞，再三关照说，出门这么多日子，难免会遇上有风有雨的日子，这样的鞋子怎么经得起风雨呢？你不是有几双板鞋吗，穿那样的鞋子才适合跋山涉水。

可是，嫌系鞋带麻烦的我没有接受同事的劝告，依旧穿着这双只适合踩在写字楼地板上的平底皮鞋出了门。害得我这些出门在外的日子一直是用痛苦的脚趾支撑着疲惫的双腿，心里暗暗后悔：不听同事言，吃苦在眼前啊。其实，同事才是比你自己更了解你的人！不是吗？除了家人、同学和亲友之外，我们生命中的黄金时段大多时光是和同事一起度过的。在一起做事的日月里，同事之间总是在互相磨合着，也在互相阅读着，他们怎么可能不懂你呢？同事，就是知冷知热的人呵！

只是同事的性格各不相同，他们对一件事的理解和说话的方式也常常会不同，而心胸狭隘总像个魔鬼一样跟着我们，有时这个魔鬼会把同事这样重要的合作伙伴变成我们假想中的"敌人"。

记得有一次单位集体活动，我不小心用自己的指甲划破了脸，爱开玩笑的同事说：什么事这么想不通要自残啊？体贴的同事则关心地告诉我：不能吃生酱油也不能吃醋，否则，会落下伤疤的。而当我看见餐桌上有螃蟹时自然就伤疤未好忘了痛了，大吃了螃蟹，自然也吃了醋。吃完了，才又猛醒：啊呀，完了，我要破相了，吃了醋了。边上就有同事挖苦：以为才 3 岁的嫩皮嫩肉啊，你这样的也会怕什么醋？

同事相处久了就这样，说话常常没有遮拦，至于你听了后是不是往心里去，或者是不是有必要认为别人是故意伤害，全靠你的理解力和心量的大小了。就像同样是说我的脸上一条伤痕，说出来的话可以完全不同。我想，有时真的没有必要把人想得很歹毒。连我自己都会不小心在自己的脸上划出一条伤痕呢，总不至于我是真的恨自己才"自残"的吧？像理解自己一样去解读同事，心中自然就春暖花开了。

同事确实是我们生命中很重要的人际关系，想想，我们天天清早起来总是不忘记梳洗打扮，即使是不化妆，也一定是穿戴齐整了，才出门去上班。俗话说："女为悦己者容"，其实这个悦己者不就是同事吗？

这场苦难的雨水打湿了我的鞋，冻僵了我的脚趾，却让我想起了和同事在一起时的种种温暖，我不由地重新审视同事这个人际关系，也改写了一些俗话的定义：一双合适的鞋对于一个在旅途中的人真的很重要！就像在我们人生的职场中，那些合作的伙伴和共事的人一样，左右着我们的事业航向甚至是人生的成败。都说婚姻如鞋，舒服不舒服只有自己的脚指头知道，同事又何尝不是这样呢？

幸福的馒头

玫红的双喜印在大大的白面馒头上，满心欢喜的样子，我双手抱着走在回家的路上。

一个老太太走过我身旁，问：是从哪里买的？

我用最大的声音清清亮亮地回答：不是买的，是同事送的。

那天下午，一"80后"同事捧着这些馒头，来我办公室，说是他妈妈做的。

我猜想，一定是他儿子满月之类的喜事吧。可是，他说不是，只是妈妈做了好多馒头就拿来分给大家吃。

想起他的妈妈年轻健康的样子，热情洋溢的笑总是写在脸上，也一直藏在我的心里。曾经有一个五一长假，我和另一"80后"女孩一起，跟他去他家乡，一个小渔村里玩，受到他的父母家人的盛情款待。纯粹的友情，纯粹的爱玩。这样纯粹的美丽，生命中，真的很稀有。

可是，时间久了，日常的工作中的一些小摩擦和一些得失酿成了许多的责怪和怨恨，把曾经的许多帮助和友情淡忘到了一边。甚至于在不知不觉间把合作伙伴变成了对手。

感恩，其实也是一件说来简单，实际上却常常做不到的事。

记得一个父亲节的清晨，我打电话祝福爸爸。爸爸竟然像我小时候那样欣喜地喊我——囡囡。我说：爸爸，你叫错了，囡囡是那个最新出生的小女孩的名字。可是爸爸说，没错，你也是囡囡。确实是这样的，我一直在绵长不息的父爱中做着永远的囡囡。可是，大多时间，我却只记得父亲的后半截话——即使到了六十岁你一样是我的女儿，我一样可以打你。

我总是抱怨父亲粗暴，却不知道其实自己也够粗糙的。

有一年六一儿童节，不知道是巧合还是刻意，妈妈一早就赶到我上班的地方，给我送来两套她自己亲手缝制的花布衣裳。看得门卫大姐羡慕得当场落泪："有妈的孩子真是个宝啊，都这么大了还过六一呢！"妈妈说："她再大，也是我的女儿呵。"

可是我一直在不知好歹地怨妈妈的极度呵护，害我长不大、走不远，甚至说，爱有时是一种负担。

我们有时对于自己所受的伤痛过于敏感，而对于得到的关爱和呵护却有点麻木。

其实，无限量地放大悲情和伤害，只会产生嫉恨，让人挣扎于无边苦海里看不到岸；而时时感恩，让我看到幸福的红双喜馒头，让我体会做女儿的幸福，还有世间的许多爱。

真感谢同事送来的幸福的馒头，提醒我记得所有人的种种好处。忘记伤痛，忘记怨尤，只记住爱的样子。

人生，一期一会

和平常的每一天一样，匆匆忙忙地走在下班的路上。从前一起在学校里教过书的老同事打来电话，说有学生的新茶楼开张，叫了一些老师和同学一起聚聚撮一顿。

当学生们喊着"老师"说"一点都没变"时，才觉得自己一路上的担心属于多余的。虽然我当年没有任过他们的课，但他们却依旧记得我当年的样子——学校里新来的最年轻的老师，穿着长长的纱裙，窸窸窣窣从他们正在上课的教室窗口边走过。他们也曾经自作主张，把学校里的年轻老师都按照他们的理解和愿望配成对……

时光又一次回归同学少年，风华正茂的模样。

那么年轻，那么美丽，那些曾经的岁月。

外语组一位长辈级的同事，揪着我的耳朵，恨恨地说：怎么从来不知道回到学校去看看？而另一位昔日的同事一如既往，细腻温情，记得我曾经喜欢过的每一道菜，一碗汤……

身前身后，都是对我好过，或者是我曾经怨过、恨过的人，只是我们生活中有许多内容都被岁月无情改写。物是人非，所有的人和事变得熟悉又陌生，往日的一切想起来是那么遥远。

想起自己曾经编辑过的一本书《绿茶功夫》，其中讲到日本的茶道用语：一期一会，"一期"表示人的一生；"一会"则意味仅有一次的相会。

于是，在觥筹交错，歌舞升平之间，我居然有了一种苍凉而寂寥的忧伤，感觉到时光的执着，像流水，一往无前，昔日不会重来。

是呵，人生的每个瞬间都不能重复。

岁月的峰回路转中，我们身边的人、事、物如不断变幻的风景，我们的每一天、每一时、每一刻都不再是刚刚过去的那一天、那一时、那一刻。想起一位学佛的朋友和我讲过的无常——我们曾经的每个瞬间都已经死去。而我总是听得泪水涟涟，那是因为我放不下深重的人际恩怨情仇呵。

秋凉如水，往事如烟。

人生一期一会，父母、兄弟姐妹、亲人、爱人、朋友、同学、同事，谁又不是呢？谁能保证我们下一个轮回还能再见呢？

其实，这一期一会并不只是一种悲凉的感伤，倒应该是一种积极的提示：珍惜每一个机缘，并为人生中可能仅有的一次相会相遇，付出全部的心力。从此，我不会再漫不经心地轻忽了那些稍纵即逝的机遇，生命中没有太多一期一会的好时光让我们去任意挥霍。珍惜当下，珍惜生命中的每一刻，从中感悟生命的涅槃。

这一期一会是茶中的道理，更是生命的感受。

第三辑
秀色田园

爱情病毒

扔回收站，清空！

扔垃圾箱！清空！这是一个病毒！

这是我和一个女孩对话中的一句无情回答——也是对一段无厘头感情的终结。

因为那又是一个老掉牙的所谓的爱情故事：男人结婚了，成了别人的新郎，可是，他告诉女孩，他心里想的还是她；男人有了孩子了，不但是人夫还是人父，可是，还对女孩诉不尽的衷肠——舍不得她！

于是，女孩夜不能寐，悲痛欲绝，既放不下他，又得不到他，在不清不白、藕断丝连、顾影自怜中，任花样年华一寸一寸枯萎。

女孩明明知道自己不愿意也不可能做他的外室，而她的态度其实也是很明确的——让他离婚重新开始，这是一个为难他的题目，也许是他一辈子都无法解答的千古之谜。但女孩依旧割舍不了旧情，无法开启自己新的情感。

女孩依旧贪恋的无非就是男人"温暖的怀抱"，其实，那份温度只是一个是吃着碗里看着锅里的男人，在妻儿处尚未散发尽的一点点的余热罢了，很可怜的施舍，不如残羹剩饭。然而，只要一个电话、一条短信，她再钢铁的意志都会化作绕指柔情，一切本来应该过去的，又变得过不去了。心痛的感觉，像毒蛇，一口一口地吞噬着她的理智。她重新沉沦……

一个贪得无厌的男人，一个执迷不悟的女人，一个可恶，一个愚昧。

一次次，我的口气也从同情、理解、劝说、忠告，到呵斥了。可见我不是什么诲人不倦的好女人。我终于忍无可忍，直言不讳："都是女人，你也得替人家想想，那个男人的妻子比你更无奈、更无辜，跟他都有了孩子了。那个男人真的不是什么好鸟，对两个女人，特别是对孩子很不好！"

我还记得第一次女孩告诉我，她失恋了，因为深爱她的男友要娶别的女人。"恭喜你！"这是我从内心里发出来的喜悦，这样一个心猿意马的男人，在没有进入婚姻前分手了，真的是幸运，也是一种解脱。

当时，女孩对我的态度很不理解，人家在遭受失恋的柔肠寸断之痛，我怎么反倒祝贺起来，似乎有点不近人情的幸灾乐祸。但我却是真情的话，今天的事实证明，那个蒙在鼓里的妻子比女孩更不幸、更无辜，如果要重新开始，一个有了孩子的离婚女人无疑要比失恋女孩更艰难。

因为另一个女人而不再爱你，或者和另一个女人生活在一起还说爱着你，那么，他就是爱情的叛徒。不管他对于你来说是多么重要，他是你的心你的肺你的肝，是你生命中不可或缺的一部分，但一个背叛了你的爱情的男人，他只能是你的心你的肺你的肝上的一个毒瘤。他存在的每一时每一刻每一分都会戕害你的生命。切除，会伤会痛会流血，但却可以保住你的命。生命在，希望在。所以，当机立断，马上动手。

可那女孩，就是中了那个"多情"男人的蛊，依旧在滥情旋涡里趟着浑水。

这时，我才觉得女孩比刚失恋时更不幸，又中了病毒，如果不及时清除，继续让它蔓延，会感染、破坏更多的数据，甚至于导致整个机器瘫痪，彻底死机，再也没有机会重新启动。

所以，我才会大声对着她喊：你不要再犹豫不决了，应该立刻删除他，永久删除，因为他只是个有百害而无一益的病毒而已！

不要揪下自己美丽的花瓣

曾经听一位婚恋专家说过：当一个男人说他不爱的时候就是真的不爱了，根本没有回旋的余地。女人千万不要试着去挽回，这样还能给自己留下最后一点点尊严。这话劝劝别人还行，但真的要是让自己给碰上了，要潇洒地一转身离去，还真是很困难。

"我是全心全意的，很实际，带着生活的心境，和他进入了谈婚论嫁的阶段，我们都已经打算登记了，双方的父母都认可过了，我和他双方的条件也是旗鼓相当，而且亲友和同事都知道我们要结婚了……可是，他说他可能不够爱我，不能包容有一些事情，只好说声很无奈，对不起……"

哽咽的声音，语无伦次的叙说，淹没了一个坚强乐观、青春亮丽的女孩，此刻，我对面坐着的她是消瘦的、憔悴的，甚至于有些许颓废。

我悉心地听着，耐心地把她的点点滴滴拼凑成一个个情节：一对恋爱男女，在一起走向婚姻的途中，女人很投入、很憧憬，一心一意向往着婚礼的殿堂；男人也是认真的，一丝不苟，但他越了解女人越不能理解女人，甚至生出了一丝丝不接受，他把这一份真实的感觉告诉她，并要在途中退出，半途而废，他不再爱了，选择了分手。

不管是他对她没信心也好，对他自己没有信心也罢，总之，他对他们将一起走进去的那桩婚姻的前路没有信心了，所以，刹车，回头。

而女人就像一个毫无思想准备的人突然遭遇了急刹车，不仅是受惊吓，还伴有伤筋动骨的痛楚。

她心有不甘：我们曾经是那么相爱，怎么说不爱就不爱了呢？我不能相信，再说，我都不知道该怎么向亲友同事解释了……

也许有点雪上加霜，也许有点残酷无情，但我还是不得不把她从美好温馨的回忆中拉回现实——不管曾经爱得有多深、多真，那都是过去时了。月亮还会初一十五，沧海都会变成桑田呢，何况是一个人的感觉、爱情和心，守着诺言不变，怎么可能？

我之所以说得如此决绝和肯定，是因为我弄清楚了男人不爱的原因——计较女孩过去曾经有过的一段情感。既然他这么在乎，那裂痕已经存在，如果在结婚后出问题会更伤人，特别是有了孩子以后。

你说，男人现在选择分手很功利也好，冷酷也罢，既然男人说翻脸就翻脸，女人只有学会放下。不能再沉湎于虚无的过去，不要放纵自己的伤痛，更不要放大那种悲情，不要用泪眼和他相对，也不要用哭声来告别，给他一个美丽的背影！尽管有可能他都不会再回头来看你一眼。

不用再关注或者关心他，不要想和他有关的一切，不要回忆，忘记你和他的事情，把他的手机号、QQ 号、电话号什么的先一一删除，再慢慢从记忆中、从心里删除，然后用新的内容取代。多和朋友们在一起，多参加一些集体活动。因为爱人的他只是"过去"，现在的他是一个对你很"残忍的伤痛"，今后的他是对你毫无意义的人。

婚姻是两个人的事，不是为了向周围的人有个交代，所以，你也不需要解释什么，除了自己父母和特别要好的朋友、关心你的人，你想说就说一下。

更重要的是要调整你自己的心情，不要让难过的时间太长，尽可能快地走出失恋的泥潭。如果走不出来，或者藕断丝连，女人就是在把一朵花一样的自己的花瓣一瓣一瓣地揪下来，蹂躏，亲手摧残自己的青春、美丽。

小三 PK 老大

前些日子，自己老是像个挥着大刀斩流水的傻子，想斩断那些虚无缥缈的"伪爱情"，拯救那些欲罢不能的痴男怨女，在一片喝彩（包括倒彩）声中，不无得意之色，以为自己即使不是卓有成效，也算得上是慢刀斩断了三两根乱麻。

可是，昨晚一个女孩的哭声，让我的心凉如水，刀也生锈了。那样悲痛的哭，我以为出了什么大事，竟然有点惊恐。在她哽咽着的如诉如泣中，终于明白——原来只是那个口口声声说着爱她，却又娶了另一个女人为妻的男人，在一个茶余饭后的黄昏，背着老婆孩子给她打了一个电话，说舍不得她。她坚守了好些日子的"不理他"彻底冰雪消融化成了倾盆大雨……

我不禁问她：你为谁而哭？为他？为你自己？为什么要哭？为爱情逝去还是爱情重来？

想了半天，我仿佛有点明白：其实这只是一个无聊男人在玩的一出情感游戏，他是太了解女孩的弱点，并利用这一点把一个痴情女孩玩弄于股掌之上。

我太气愤了！

这是玩弄还是真爱？爱情是什么？是流行性的感冒？可以反复发作？

是不是这个女孩招之即来、挥之即去太好说话了，让他的小日子过得太风平浪静了，所以每每在女孩快要遗忘或者在努力遗忘的时候，他就跑出来扔两个爱情催泪弹？而偏偏女孩又屡屡中蛊，这更激励了男人的玩弄心态，乐此不疲！

也许我根本就不了解他们的爱情？也许我只是以小人之心亵渎了那个大男人博大的爱心？

那么好吧，我再多事给女孩提个建议——索性就让你们再爱一次，如何？给舍不得你的男人一次机会，也给痛苦煎熬的你一次机会。但你们必须面对他的妻子（老大），因为你和他的爱情不是你们两人的事情，此刻的你如果觉得和他的那份难舍还是爱情的话，那无法成为妻子的你是当然的小三。让男人当着你们两个女人的面，诉一诉他的衷肠。你们两个女人都有权利问一问他：你爱的到底是谁？你舍不得的又是谁？

当老大和小三面对面的时候，女孩，你可以说一句：我想问问你，敢不敢像你说过那样地爱我？

小三 PK 老大，男人是当然的裁判，必须立马裁决——这是他和你谈爱的最起码的底线。

食色男女

手机与手机的旷世之恋

和每天上下班时一样，挤在公交车上总会碰到一些上学放学的学生。那一天站在我身后的是三个穿校服的中学生，两女一男，看上去大概初一初二的样子。其中的一个女生在用手机发短信。

"90后"说话一向就旁若无人的，同学间的聊天就在汽车上展开了——男生像过来人一样经验谈："告诉你们，如今要谈恋爱没有手机、不发短信是没法谈的。"

女生很不屑："这也要你教？谁不知道呀！"

男生依旧诲人不倦："多提醒一下总对你有好处，省得到时……"

女生伶牙俐齿地打断他："你是不是怕我嫁不出去呀，真操心！"

男生说："其实我知道你们两个都有老公。"他报了两个男生的名字，女生好像是默认了。

这个男生好像是比较话多的，耐不住寂寞："我看大家都喜欢那些长得漂亮的美女，有许多男生去追她们。不知道为什么，我却一点感觉都没有。"

女生立刻抢着说："谁不知道你只喜欢×××（报了一个女

生名）呀，你的心里只有她，只有她是最美的。情人眼里出西施呀。"后来一个女生又接着说："我就不相信你跟她能永远好下去，能不能好一年都难说。"另一个女生说："哼！男人都很花心。祝你找个菊花姐姐当老婆吧。"

我下车了，他们继续。估计还是这些内容。

我在这里倒不是要说他们"早恋"什么的，我一向不主张这样的提法。我觉得少男少女的爱慕之情应该叫初恋。初恋是爱情枝头的第一朵花蕾，如清晨的露珠般昙花一现。不管老师家长们如何地压制，少年时初恋的美好却一直是最让人荡气回肠的。我只是觉得很惋惜，初恋这么美好的情感演变到"90后"身上，怎么就变得如此简单而粗糙？像一盒揭开了盖子了无悬念的快餐！

真的不知道今后还会不会有梁祝的故事？同学二人缠绵悱恻地你送我、我送你，一会儿拿牛说事，一会儿又把彼此比作鹅，还去井水里照影子，走出了十八里地要分手了还没有说出一个爱字？

估计以后也不再需要像席慕蓉那样——"如何让你遇见我，在我最美丽的时刻。为这，我已在佛前求了五百年，求他让我们结一段尘缘。佛于是把我化作一棵树，长在你必经的路旁……"是不是从此再也没有了如此优美的文字？

也许，现在的少男少女真的是没有时间来啰啰唆唆地演一出古装的戏。他们的时间都在做题目、准备高考，那么快节奏的时光，让他们如何有心情如此精致地初恋？而身心的"长大"却无法让他们直接逾越初恋的站头，所以，他们只能省略了麻烦的缠绵悱恻，直截了当地说"嫁、娶，老婆、老公，相好，泡妞，MMGG……"把成人的用语借来当作初恋的游戏。

如果一定要说什么情趣，那就来一段酸文假醋的古诗给初恋的情人发一条短信："古道西风瘦马，小桥流水人家，夕阳西下，断肠人在等你电话，神啊，救救我吧！"

可是，如果没有手机呢？——还是被前面那个小男牛说着了，这年头，没有手机是无法谈恋爱的！

我啰啰唆唆写下这些，只是为了回答一个中学女生父母的问题：到底该不该给女儿买一部手机？我想答案应该已经在其中了。

谁把男人造成了无缝的蛋？

一日，三五个熟男熟女相聚酒吧。话题一定离不开婚姻、爱情、男女。

其中一男人很落俗套地向女人献媚，无非是说家有不理解他的事业、不能和他配合默契的妻子，他痛苦、孤楚，他在外辛苦打拼，回家不仅得不到温情照顾，反而常常后院起火。说妻子坏话的目的无非是讨好另一个女人"如果像你这样善解人意，且有才有貌就好了"。

这样的"献媚法"在女人中确实会有市场，所以这种以贬妻讨好别的女人的手段频频在女人中间出现。当然，如今的女人也是见多识广，不像从前，足不出户，见了一个落魄书生就以为是天下第一才子了。

所以，一行中的靓女夭夭每每见到这类男人就会怒从胆边生，设计给虚伪色男当头一棒。那一天，她就挑逗一看似正经的男人：你家的河东狮是不是很厉害？把你管得一点声音都发不出了？

没想到那男人倒是沉得住气，一副神定气闲的样子：错！我家有贤妻。我至今还没见过比她更明理的女人。

夭夭不以为然，借着三分酒气，说，立马给你家老婆拨一电话。男人二话不说，拿起手机，拨通了递给夭夭：请！

夭夭拿起手机，用甜得流蜜，且掺和着邪邪妖气的语调浪声浪气地说：是嫂子吗？你家老公在我边上喝得烂醉如泥了，你要不要和他说说话啊？

只听对面的女中音心平气和：哦，是吗？那不好意思，谢谢你费心照顾他了。

那种平和的正气显然压倒了夭夭的邪气，她的语气中明显没了挑衅：嫂子要过来和我们一起玩吗？

对面依旧不愠不怒：我就不过来了，祝你们玩得开心。没什么事我就挂了啊。

天！自以为见多识广的夭夭倒吸了一口凉气，觉得好没趣，自讨的没趣。真没想到天下还有这样的老婆！

对这样的妻子你还有什么招数么？不管你是苍蝇也好，是蚊子也罢，人家男人硬是一个无缝的蛋！

也许，我们都会想，这个做妻子的只是作秀给外人看的，等会儿回家后还不知道是让男人跪搓衣板还是吃卧室闭门羹睡一晚沙发呢。

但这位聪明的妻子确实给足了自家男人面子，支撑着他做一个好男人的信心——他不用低三下四地讨好别人的老婆或者是别的女人，别的男人焦虑不安地在心中盘算着回家的时间或者在接听手机看短信时煞费苦心地找个晚归的借口或者编造理由，只有他是自如的，心安理得。

这样的妻子让男人羡慕，让女人服气：确实是家有仙妻呀！我想，男人心中的好妻子，其实，在女人心中也是！

短　信

（1）

和平常的每一个早晨一样，他们匆匆起床洗刷，紧锣密鼓地准备着去上班。

突然，男人盯着自己的手机，胸无城府地说："咦！有个短信呢。昨晚半夜谁发给我的呀？"说完，可能是自认为心中无

"鬼"吧，竟然大声朗读短信内容：你睡了吗？我在××宾馆413房间，你方便过来吗？

真是大白天见鬼了！

念毕，可能也是出乎他的意料之外的内容吧，只得附加说明：这是谁呀？不认识，删了！然后，动作灵巧地很快删除，有点"毁灭罪证"的嫌疑。不知道他自己是不是有点后悔——早知道是这样的内容，不如不念出来，不是无事生非吗？要知道女人从来不看他的手机、他的电脑和他的私人信函。倒是他常常大大咧咧把女人的信也拆开过多次。女人总是半开玩笑：拆私信，不合法。

女人似不易觉察地看了他一眼，随即一切恢复正常。该干什么，干什么去了。

以后的日子，一如既往，平静而温馨。

事后一日和闺密闲聊提到此事，闺密问："真的没往心里去？真的不在意？"

她说，我想过，也许只是一个发错了的短信；也许是因为他常常在人前夸自己的老婆大度包容、知书达理，别人气不过故意为之，考验一下真假；也许是爱开玩笑的人，无事生非故意给平静的生活搅起一点壮阔的波澜；又也许真是……总之，生活中没什么是不可能的。

闺密追问："为什么不问问清楚？你心里就不难受？或者是你不在乎他了？"

女人说，该说的，他已经说得清清楚楚，不该说的，问了也白问。爱他，就相信他；相信他，也就是相信自己！

（2）

一样的早晨。一样的场景。一样的男女主角。一样的短信。

不一样的是结果，女人不依不饶，咄咄逼人，从疑问、询问、查问、质问、盘问到审问，就差没有拷问了。

女人说："天下那么多男人，为什么这样的短信偏偏就发到了你的手机上？难道就会有这么巧合？无风不起浪呵，总得有点由头吧？"

男人说，是啊，我是买彩票中了头彩了呀。

既是已经到了风口浪尖上，要逃脱也是没那么容易了，男人只好乖乖就范：先是有问必答、一问一答、认真回答、仔细解答。刚开始男人觉得这小女人执着得可爱，还趁机小小地满足了一把虚荣心：女人很在乎自己呢。

而这样的游戏天天重复，男人很快没有了兴趣，不胜其烦的他，越来越没耐心、没底气、没自信、没信誉，回答问题漫不经心，答非所问，还时常破绽百出。

而世界上一切该发生的事情照样每天还在发生，偏偏碰上偏偏的事情也不是不可能的，命运本来就是个恶作剧的魔，总喜欢和开不起玩笑者大开玩笑。

女人在越陷越深，觉得对男人不可以掉以轻心，太过相信就是放纵，这也是为数不少女人的共识。防患未然是妻子的义务、责任和权力，于是对男人的防范不断升级——查岗、盯梢、侦破，煞费苦心，找熟人，查他的话费账单，一一排查可疑号码，严格的审讯和滴水不漏的监视，总能收获一些蛛丝马迹的：人毕竟不是神，不可能没有一点点过失或者过错。我们不是生活在真空中，现实世界到处尘埃飞扬，偶尔进点沙子、灰尘也正常的。

而如此执着的女人往往眼里容不得半点沙子，"证据"在握后更是得理不饶人，并且很容易选择冲动的、死打烂缠的方式。天天像防贼一样地盯住男人不放。

于是，男人的末日到了，请示、汇报、说清楚，成了每天的必修课，男人身边的男女同事和朋友一个都不能少地受到盘查，不但怕惹是非的女同事女朋友落荒而逃，觉得没趣的男朋友也渐渐避而远之。

胆小怕事的男人也许从此洗心革面落寞地"老死"于家中，但多半明显和女人"人相对、心隔墙"，沉沉闷闷此一生。不用说，女人也明白，家庭关系已经到了最后的底线，随时随地都可能被突破。但也不乏血气方刚的男人"揭竿而起""破罐子破摔"：老子就这样了，你怎么着？崩溃了的男人真的不管不顾了，女人也没什么好招数了，要么战争加剧，家中硝烟弥漫；要么女人变成委屈哭诉、愤怒声讨的怨妇：我怎么这么倒霉，偏偏碰上个花心又没有责任感的男人呢？都是男人的错，好好一个家才变成这样的啊！

孰对孰错？实在是清官难断家务事。记得一位心理学家说过：家庭不是法庭，没有必要弄什么证据、证人；更没有必要反复论证谁对谁错……

望夫成龙

丽丽和华华是中专的同学。毕业、就业、结婚，一直到女儿出生，一切都按部就班，顺风顺水。夫唱妇随，女儿活泼伶俐，家庭很温馨，生活很平静。虽然没有豪宅宝马，却也安居乐业，自得其乐。

可丽丽总是觉得日子过得过于平淡无奇、波澜不惊，对于安分守己的华华有说不完的不满：只知道日出而作日落而息，小农意识，小富即安，满足于老婆孩子热炕头，不思进取……

原本没什么血性的华华，终于被丽丽絮叨得耳朵发烫、血气方刚了，在一个风和日丽的日子，离妻别女，成为志在四方的好男儿，开始了北上南下、风风火火闯九州的闯荡生涯。

也许，人都是被逼出来的，看似窝囊的华华真的拼搏起来也能战绩斐然，三五年下来，成了日进万斗的一方首富。丽丽也从一个人辛辛苦苦又要带女儿，又要朝九晚五奔波忙碌的打工族，摇身变为开着宝马、住着别墅，成天搓麻、泡咖、逛街的阔太太。

但她的心里却又变得空落落的了——老公常常是一年半载不露面，却时常会在一些公众场合看到他冠冕堂皇的身影，而身边总是少不了漂亮女秘书相随相伴。至于那些什么红颜知己之类捕风捉影的传说，就更不敢细究了……

不由常常怀念从前的日子，虽然不是那么大富大贵，却踏实、安宁。有一天华华半开玩笑地对她说，真想再生一个儿子，日后可以子承父业，把事业和家产延续下去。丽丽很明白，那个生儿子的女人当然不是快"奔五"的自己能够胜任的了。从此，她就有了心病，一种朝不保夕的恐惧感。叹息：悔不该当初呵！

其实，这样的故事就像古装戏"富家女后花园私定终身，落难公子中状元，忘恩负义"之类的情节一样，已经成为一个群体、一种模式了。我之所以要在"七夕"这样一个特殊的日子讲述这个老生常谈的话题，无非是想说，牛郎织女年年忍受三百六十四天的煎熬，而把七月初七唯一一个相会的日子叫作节日，这不是一种幸福，而是一种苦难。

悲怆美，只存在于文艺作品中，因为它们虽然源于生活，却高于生活。人间烟火中的饮食男女，总是以长相厮守为爱情的终极目标。

因此，我还想说的是——作为贤妻，光是"上得厅堂，下得厨房"，还不够，还要能接纳丈夫的平淡、平常、平凡，甚至是平庸。望夫成龙，龙在天，而我们终究只是人间的凡女子。

当然，仙女例外。

无情杀手却是知心爱人

也许为打击和不纵容我的些许矫情和过分的多愁善感吧，先生常常调侃我的那些"小资文字"是无病呻吟："那些毫无意义的文字统统可以删去！"

当他又一次"恶毒攻击"那些我自认为美丽精致的文字是"文字垃圾"时，我不由得大声疾呼：没有知音啊，没有知音！并扔下写了一半的文章，"晕倒"在床。梦中依旧吟诵陆游的《卜算子·咏梅》"驿外断桥边，寂寞开无主。已是黄昏独自愁，更着风和雨。无意苦争春，一任群芳妒。零落成泥碾作尘，只有香如故。"

第二天一早起来，也许是看我的世界在酷暑中下雪，还有寒梅花儿在一朵一朵地开，这个"无情杀手"居然心软了，一下变成了吹鼓手：其实，我的评价不能作为衡量文字好坏的标准，我只是个实用主义，只看你的文字是不是能为我所用。他说无用的未必就不是美文，像诗仙李白那些流芳百世、脍炙人口的诗句我就觉得无用，但他还照样是诗仙啊，照样是名句啊！

我嗤之以鼻：这么拙劣的比较，不是不自量力，而是恬不知耻！

我心中暗想：一定是怕我受打击至深，从此停下我赖以生存的笔，今后的日子要靠他养活了。哼！

习惯性地坐到电脑旁，很意外地发现他留的一张纸条："王先生：你的美文我仔细阅读后，感觉确实不错！既然是美文，我也就是'不拘小节'，决定下星期二刊发。文章我已复制了。××即日。"怪不得，夜深了，也没见他睡觉，敢情是在"仔细阅读"啊！

不禁觉得惶恐：以小人之心度君子之腹了。

想想刚刚开博时，门庭冷落，无人喝彩，于寂寞之中，时常可以看到他来踩上几脚，留下片言只语，都是鼓劲的话。后来，知道我博客的朋友多了起来，又结识了一些新的朋友，有点人气了，他也就不来了。其实，他本来对我的那些"酸文假醋"并不感兴趣，以前的来也算是雪中送炭了。

和许多人一样，我也常常叹息：知音难觅，其实，那个在深夜读你文字，在细细体会你的心绪的人就是你的知音呵！我们也常常觉得真爱难得，其实，那个真正爱你的人就在我们身边，只是我们觉得归于平静的浪花已经不再是波澜壮阔了。

我想说的是：珍惜已经拥有的，并记得提醒自己要感恩。

电子时代，做个珍稀织女

第一次织毛衣，是因为妈妈总是担心我以后出嫁做不好媳妇："你不会做饭，不会织毛衣，什么女红都不会，以后怎么做人家的媳妇呢？"

为了安慰妈妈我只好故弄玄虚："妈妈，你别愁，你想，这么多人一起参加高考，大多数人都进不了大学，但我却能考上，说明我不比人家笨啊。而做饭织毛衣是许多女孩天生就会的啊，那我这样的聪明人就更不用学就会了。"为了进一步证实我的言论，我立竿见影开始动手织了一件毛衣。

我用了两根像筷子一样粗的竹针（妈妈说，那叫棒针），把妈妈从旧毛衣上拆下来的旧粗绒线两股并成一股，粗枝大叶地就开始了飞针走线。因为我一向急功近利，做什么事都最好立马有个结果，太细的针和线那种细水长流式的活儿不适合我。我写文章也一样，适合写千字文，如果写长篇，每次都只开个头就没有下文了。而这是我第一次做针线活，我想做出个完整的产品，免得再给妈妈落下个话柄。再说良好的开端是成功的一半，这头一件毛衣织成了，说不准以后我还真能成为"编织专家"呢！

就在这样的信念支撑下，我日夜兼程，把收集来的各色绒线编织成卡通图案。花了一周时间，我就织完了两块大大的正方形作为正身，和两块小一点的长方形作为袖子，把四块方块缝在一起就成了一件很别出心裁的大号酷衣。而且，我还很快找到了那个穿毛衣的人，一个瘦瘦高高的男孩儿，他后来成了我的老公。

还别说，这一件没型没款的毛衣真的很适合高高瘦瘦的他，衣服宽宽大大的，肩膀松松垮垮地挂在手肘上，很随意也很飘逸，不知道是因为衣服好看还是因为他的身坯优秀，反正穿上这件独特的毛衣的他就是一个前卫的时尚青年。

他告诉我，单位里一个做美工的酷妹多次打听他这件毛衣的产地，她说是喜爱到了要夺人所爱的地步。但老公很认真地告诉那女孩，就是拿一万块钱来也是不肯卖的！他整个冬天都穿着它，其实，这样宽松的针法织出来的毛衣应该不会太保暖，但他说感觉不到冷。难怪单位的同事都调侃：到底是用爱心打造的温馨牌啊，就是不一样！

不过这对于我是第一次，也是最后的一次。

偶尔一次织毛衣，并没有让我成为织毛衣的专家，我对织毛衣的兴趣也没有被激发，更没有沉湎于其中而乐此不疲。即使小有"成就"一件被我称为作品的毛衣，由一般人现实的眼光来看，也只是一件拙劣的玩闹之作，只能受到一小撮对我充满友爱者的喝彩。但是，通过织毛衣，我时时提醒自己：女人味是一个女人所特有的天赋，柔情似水最能温暖人心。由此，我懂得了织毛衣的心情……

爱你一万年并不是谎言

曾经以为男人是最爱撒谎的人，特别是当他们想得到爱情时就会很夸张地海口许诺，甚至是不打草稿地胡说八道。其中，最经典的弥天大谎就是"爱你一万年"了！除非是热恋中的弱智女，大凡有点脑子的人用脚指头想想都能拆穿：女人又不是乌龟，哪有可能活到一万岁让你去爱？

　　一位帅哥就是在爱上我的闺密鸿美女的时候，声情并茂地唱了伍佰的那一首《爱你一万年》，当他一遍又一遍地纵情高唱"我决定爱你一万年"时，分明是掳获了鸿的芳心，我看到平时不动声色的她眼中有感动的泪水。

　　看似金童玉女加上两情相悦的甜蜜，一个非常完美的爱情版本，但想着鸿若是嫁了他就会去他的那个城市，从此我们不可能再是一个短信就相约一起逛街、泡吧，叽叽喳喳地饶舌，心中不由得泛起一阵酸楚。而我最担心的还是怕爱的烈焰一旦褪温，怕自己这位如花似玉又心地善良的好友受委屈。

　　因此，我对这位"骗走"鸿的男人有点莫名其妙地"怨恨"起来，我从来没有叫过他的真名，只是叫他"爱你一万年"或者简称"一万年"，想借此提醒他曾经说过的誓言，也想用时间去拷问他，这究竟是不是纯属谎话。

　　时光流逝，他们的爱情最终走向婚姻的殿堂。这个"爱你一万年"小子，虽然很帅，但并没什么钱财，只以满腔奋斗、创业的激情以及爱你一万年的决心做抵押，带着我的好朋友鸿的所有，去了那个小城开始了他们新的生活。

　　两个齐心协力的人，所有真心实意的爱，一点一滴筑起了一个温馨的家。时常有鸿的短信或是来电，通报他们爱情的进展：开了一家店，买了一所房，生了一对双胞胎。有钱了，生活富裕了，有孩子了，加上事业发展了，事情越多越繁忙了，而爱情也如他们初初相遇一样，一直就在那里，一伸手就可以触摸到。

　　一有空闲，他们都不会忘记把我等几个好朋友作为友情运往他们在的那个小城，分享他们的胜利果实，以及那份浓浓的温情。耳闻目睹和亲身感受，让我不得不相信，爱你一万年，是一个美丽的承诺，也是一个美丽的名字。

　　那个夏天，又去他们那儿做客，没有像前几次那样住酒店，而是很开心地入住他们的新居。清晨，我在他们家中三楼的客房里从美丽的梦中惊醒，一个鲤鱼打挺坐起，却发现全家都在睡觉，只有我这个上班族习惯了天天奔跑着赶去单位签到，生物钟关闭了我的懒觉功能。伸伸懒腰哑然失笑。

穿着睡衣，赤着脚在游泳池般巨大的浴缸边飘忽游走，全身心放下杂务后的轻灵、悠闲。只见浴缸的筐篮中有我的那一本散文集《爱是一帖良药》，拾起，翻阅。蓦地，温情若水溢满了心田——他们二人年轻有为，情商智商加勤劳勇敢，从白手起家到事业有成，从一个陋室搬入大房，又搬进豪宅，这个过程中丢弃了多少家什呵，而这一本书却一直不离不弃跟随他们一次又一次搬迁。

书比我有福，见证着这对有情人兑现"爱你一万年"诺言的每一天。

若把芹菜当玫瑰

我们总是把玫瑰奉献给爱情，但玫瑰花瓣上的爱情是从泥土中长出来的么？显然是人赋予花的。那芹菜、大蒜也一样是从泥土里长出来的，我们何不人为地赋予爱情呢？但不管是玫瑰也好，芹菜、大蒜也罢，都是根植于大地的，就像爱情只属于地球人。

所以，天上的三圣母违背天条盗取天庭宝莲灯私自下凡寻找真爱，嫁给才子刘彦昌；因为没有了爱情，才会有"嫦娥应悔偷灵药，碧海青天夜夜心"。天上的神仙，动凡心，大多是因为羡慕人间的爱情，爱情只有人间有呵！

农历七月七，是天上的牛郎织女相会的日子，2月14日是外国人的情人节，此外，365天中的363天都是平常你我他的节日。地球上的每一个人，无论是达官贵人还是平民百姓；无论是淑女君子还是风尘浪子，在爱情的天平上，都是等重的。

想想，有了爱情的我们是多么幸福啊！

可是，我们的心灵，往往更容易感受到花前月下的浪漫，而麻木了平静相守的每一天；我们的眼睛，只看到的是玫瑰的艳丽，而忽视了芹菜、大蒜那份维系生命的道德之美；我们的耳朵，常常因为听着爱情的诗句而愉悦，而一句日常的关照、责备、忠告、唠叨，总是让我们郁闷。

我们以为只有得不到的才是最好的；以为那种高于生活的悲怆苍凉的爱情才是完美的。我们怀抱着爱情，却还苦苦地寻寻觅觅满世界找爱情；我们身在温暖的屋子里心却流浪在风雨飘摇中；我们只把美丽的爱情刻意去谱写成传奇，把平常的日子折腾成戏剧、小说，让美丽的情感去作秀，却忘记了爱情的本意是让人类来享受的；我们修炼千年、等候千年，却把得来的缘分当作无用的文件删去……

在做了那么多傻事之后，我们能不能重新审视、重新定义一下爱情呢？

如果说，爱情就像一杯美味浓郁的咖啡，婚姻则是留有咖啡渣的咖啡杯。那么既然咖啡杯还在，我们为什么不再续杯？不再重新泡一杯香浓的咖啡？

有人说，爱情是一种理想，婚姻是一种现实，两者兼而得之的人，必定是优良的搅拌专家。我想，爱情如果真的是一朵玫瑰，婚姻何不做一次沃土，我们就做一生种花的人；何必一定要等到花落了才去葬花，追悼逝去的爱情？

把我们飘忽不定的目光收回来，定格于那个无论荣辱贫富一样厮守着的人；让我们流浪的灵魂回家，享受属于你的一盏茶、一盆汤、一碗饭；试试少发一次脾气、少生一次气、少一次吵嘴；试着从不会煮饭到学会煮饭，从把菜做得很难吃到不难吃，直到好吃；试着把芹菜当作玫瑰，试着把浪漫的花朵根植于现实的泥土里，爱情是不是会更有亲和力，更美好一些？平淡的日子是不是可以做成经典爱情的真实版？

当然，柴米油盐之外，若还有闲钱、闲情、闲心，买一朵玫瑰，插在餐桌上；偶尔关了电灯点燃两根蜡烛，冲泡两杯咖啡，倒两盏红酒，说一说我们曾经有过的一个梦……

乡愁是一种美食

　　一个人离开家乡、离开母亲的时间久了，总会有一种扼制不住的思乡的感觉。那种思念家乡、想念母亲的时光总会有一丝丝深深浅浅的忧愁，我们常常把这种忧愁叫作"乡愁"。乡愁有时悄悄地跟着我们的某种念头而来，我们却还不知道。比如，有时，我们会特别想吃儿时吃过的某一种美食，其实，这就是一种乡愁。

　　仔细想想，一个人喜欢一种美食，和他从小生长的那个地方、那些亲人有很大的关系。几乎每一个人都对自己家乡的美食有着亲切美好的怀恋，不管他有多么地发迹有钱或者是春风得意，哪怕他天天鱼翅燕窝、山珍海味，儿时外婆或是妈妈做的那碗家乡的菜总是忘不掉的。就像我们初恋时的那个心上人，一生都不会走出我们的心灵。

　　曾经看到一家媒体报道，船王包玉刚在一次回宁波老家时，看着乡亲们端上来满桌子的美味佳肴，说："怎么没有我小时候最爱吃的臭冬瓜呢？"看得出来，对于那碗臭冬瓜他是思念已久。

　　我有个去了法国做老板的朋友在 e‐mail 上说，如果回国探亲，他要做的第一件事就是买两斤茭白一口气吃个够。

　　一位老知青在回忆当午他插队的情景时说，那时，从黑龙江回到杭州，第一件事就是去街头的摊儿里买一副葱包烩儿吃吃，吃得那个香啊，吃相像几个月没吃饭的饿煞鬼。

我那位老家在象山的同事，总在抱怨吃不到带着海水味道的新鲜海鲜，和每一个生长在海边的人一样，总是念念不忘海鲜的味道，离海远了，久久吃不到海鲜，甚至会像鱼儿离开了水一样的脱水感觉。所以，他总是在等着下一个长假，可以回家好好吃一回鱼、虾、蟹、螺，真的分不清他是想家了还是嘴馋了。有时，他甚至会为了可以常常吃到新鲜的海鲜而产生辞去工作回家去的冲动。

想起，晋惠帝年间在洛阳做齐王大司马东曹掾的吴人张翰，听到秋风吹过，猛然想起家乡的莼菜羹和鲈鱼脍来，就赋诗一首《思吴江》："秋风起兮佳景时，吴江水兮鲈鱼肥。三千里兮家未归，恨难得兮仰天悲。"并立刻挂帆回到江南老家去吃那鲜美的鲈鱼羹，连官都不要做了。

离家乡远了、久了，乡愁是不可避免的。所谓的乡愁其实并不只是一种思想，而是一件很具体的东西，比如一个 e - mail，一条手机短信，一个电话，一枚邮票，也可以是一块臭冬瓜、臭豆腐。乡愁和美食一样，是一种怀恋、一种回味、一种思念。对于这样的诱惑再坚强的人也会变得意志薄弱，谁又能敌得过呢？

茶　魂

西湖龙井、普洱和女人

到了云南的普洱市，成天"泡"在茶香中，免不了想起家乡的西湖龙井茶，免不了会把西湖龙井和普洱做个比较。

相比之下，西湖龙井茶更娇嫩、纤细、脆弱，更容易受伤。每年的初春，茶农们都会忧心如焚地担心"倒春寒"冻伤刚刚萌芽的新茶。即使是老天爷帮忙，有暖融融的春风呵护，茶农们也得紧锣密鼓地抢在清明前采得很有限的一点点嫩芽尖，当天采摘，当天炒了，当天卖掉。因为她们经不起耽搁存放，她们的黄金时间就那么几天。真的是一寸光阴一寸金哪！

她们的青春易逝，红颜易老，新鲜不了三五个日子就会"茶老珠黄"不值钱，"明媚鲜妍能几时""红消香断有谁怜"，就像潇湘馆里的林黛玉。

西湖龙井总是让人有不断推陈出新、喜新厌旧的感觉，从黄花止年少到明日黄花就在一夜之间，免不了会有悲凉、凄婉和怜香惜玉的心绪产生，也少不了会有触生情的顾影自怜。

我爱西湖龙井，也爱屋及乌，只要和茶相关的人和事都会有一种天然的好感和亲近。所以在云南的那些日子，常常情不自禁地和茶亲近，每每看到茶园，必定要动手采下二五瓣，珍藏于衣裳口袋里，在寂寞无聊的路途上，时常拿出来闻闻或者放点在嘴里嚼嚼。非常清香。过了许多日子，还是清香有加。我想，普洱茶的制作，本来就是堆放、渥堆、发酵，而我藏在口袋里的鲜叶就是经过我体温的烘烤而成茶的吧。

一直有"茶贵新、酒贵陈"之说，杭州的茶农从初春的第一缕阳光开始就盯着茶树梢头，刚刚冒出一点点茶芽就迫不及待地"抢头彩"，长兴的紫笋茶也是，在唐朝作为贡茶时，每年清明前"急程"贡长安，为的就是尝"新"；而普洱茶则正好相反，云南得天独厚的温热气候使茶如鱼得水，她从来不用担心受风寒。茶农们采茶制茶都是那样地从容不迫，就像茶山上穿筒裙的傣族女子，袅袅娜娜、慢条斯理地款款而行。

看看历史上传统的普洱生茶的制作过程吧：毛茶不经过"渥堆"而完全顺自然转化而成。生茶自然转熟的进程相当缓慢，视保存环境条件，至少需要近十年以上，时间越长，茶体内的多酚类化合物的酶性和非酶性氧化得越彻底，其陈香益发醇厚和稳健，而茶味韵长、活泼生动，这种活力即为茶人所称道的"茶气"。

能够欣赏、品味普洱茶的人，一定持重、沉稳，神定气闲，且深刻有内涵。普洱能教会人少安毋躁、从容不迫。因为一杯茶，从采摘到喝上，至少得等十年或者是更长的时间！

普洱像陈年的酒，浓香随着岁月不断增添，越陈越香，历久弥香。据介绍，普洱生饼如储存、保管得当，可存放一百年左右。这样的特点和当地的女子很像，她们一生都像一朵艳丽的花，仿佛不会因为年岁的增长而褪色。我常常看到一些八九十岁的老人和十七八岁的少女们一起唱歌跳舞，穿着艳丽的衣裙，带着灿烂而俏丽的笑脸，仿佛岁月只能在她们饱经风霜的脸上刻上道道皱纹，但丝毫不会减少她们女性柔和的风韵，似乎每一条皱纹里都激荡着缕缕妩媚的柔波。

她们和那些生机勃勃的古茶树一样，美丽、坚强，富有穿透力，花样年华到永远！这让我非常羡慕。

西施·绿茶

终于，这个世界重归于宁静、平和了，我在自己深爱着的家乡的山水间，吮吸着花的香气、蜂蜜的甜味，凝敛着天地间的芳华，在晨雾、阳光、雪霜、雨露中，我的灵魂渐渐苏醒，我从芬芳的土地上破土而出，以南方嘉木的形象，再一次回到了我的花样年华。

记得，春秋时期，也是在苎萝山上，浣纱溪畔，我穿着妈妈亲手缝制的长长的罗裙，一双天生的大脚丫，欢快地奔走于田野山间，采桑、养蚕、织麻、浣纱。和姐妹一起唱着快乐的山歌。

那年，情窦初开。范蠡哥哥在河之洲追逐着，一声声喊我的名字。那个春天，漫山遍野都开着美丽的鲜花，浣纱溪里的水波都漾着我们的笑声和歌声。山山水水都在为我们的爱情作证。

可是，公元前494年，强大的吴国大破我们弱小的越国，铁蹄铮铮，踏过我们美丽的土地，庄稼被四起的狼烟烧毁，美丽的溪水充满着杀戮之后的血腥味儿。我们国破家亡，越王勾践也沦落为吴王夫差的奴隶。

不甘永作吴国的附庸，越王勾践卧薪尝胆，发奋图强，选贤任能，上下一心，谋复仇。国难当头之际，我们的青春，我们的爱情，我们的生命都在忍辱负重。从此，小桥流水间是范蠡金戈铁马的勃勃英姿；花前月下，有我发愤苦练歌舞的身影。男人的杀敌武器是刀剑，而我和我的姐妹们只有为国献出美丽的青春。

日出日落，我歌我舞，曼妙的歌舞中都是我满腔的爱和恨。我从一个勤劳质朴的浣纱女变成一个训练有素的宫女，我与姐妹郑旦一起成为吴王夫差的妃子。我的一举手、一投足，都是以身许国。我用优美雅致的仪态，用婀娜多姿的翩翩舞姿，把吴王迷惑得如醉如痴，终日沉湎女色而众叛亲离，无心于国事，吴国终被灭。

吴灭后关于我的结局有很多种猜测，有人说，是被越王装进袋子里抛入水中溺死了。还有一说，范蠡在吴国灭亡后挂印而去，带着我泛舟五湖，做生意去了。

其实，你们不必再费心地猜测我的去向，不管是被抛入水中还是泛舟五湖，反正我的后来一定都与水相关。看见了吗？此刻，我正身穿翠绿的华服，沉浸于水中，舒展着水袖，盈盈舞蹈。美丽的绿茶舞，我明媚鲜艳的样子，令多少人陶醉不已！

依稀想得起，当年吴王夫差为我在姑苏城里建造的春宵宫，筑大池，池中设青龙舟，天天伴我戏水，还为我建造了表演歌舞和欢宴的馆娃阁、灵馆，又专门为我筑起"响屐廊"，用数以百计的大缸，上铺木板，让我穿着木屐起舞，长长的罗裙上系满小铃铛，铃声和木屐的响声"铮铮嗒嗒"交织在一起，在大缸里回响，我的"响屐舞"就这样勾掉了夫差的灵魂。

想起这些，就会有一种特别的苦涩从我的心底泛起，毕竟这是我最美丽的年华，却远离父母、家国，和心爱的人遥遥相望假装路人。所以人们常说，茶的味道中有一种苦，而正是这种苦，构成了茶的真味，这苦，又何尝不是人生和生命的真味呢？

当我在火中被焙炒的时光，我也想起了越王铸剑的样子，我的舞蹈中，不禁糅合了剑的侠义与豪气。而我制成后针状的条索，泡泡在杯中嫩嫩的芽叶一根根耸立，就如绿剑群聚于练兵场上，更像一场华丽的剑舞。

是的，我确实是前世的西施，我依旧是人们心目中最美丽的形象，作为最健康的饮品，我以生命的本色，美丽着人们的生活。缕缕茶香，芬芳馥郁，韵味深长，让人们为之失眠、沉醉、迷恋和倾倒！

桂花龙井，春天与秋天的约会

入秋后，一直在等待着桂花开。

先是夏天迟迟不走，后来在中秋节那天一场雨就彻底改变了季节。这些年来，季节似乎不再像从前那样慢慢地顺序渐进，而是跳跃式地在我们的眼前快闪，使得无法适从的我们夸张地从吊带直接到羽绒服乱穿衣。所以我们常常开玩笑，一年只要两双鞋——凉鞋和靴子。

国庆长假，天气出奇地好了一阵，阳光灼灼，宅着不动坐在临窗的电脑桌边，忽然就有了桂花的香气，一阵浓似一阵。探头一望，不知道从什么时候开始，盼望了许久的桂花就那样在窗外盛开了。整座城市都泡在桂花馥郁的香气里了。觉得这个时光的杭州才是真正的"暖风熏得游人醉"的时节哦。

此刻，瑟瑟的冷风冷雨已经葬送了桂花最后的一缕芳魂。从等待到花开到陨落，也就是这么短短十来天的时光。令人嘘唏不已。

然而，杭州人就是杭州人，总会用许多杭州特有的东西构筑起一个休闲之都，把品质生活演绎得具体生动，鲜活到可以触摸。比如，新近炮制的桂花龙井就是杭州人精心策划的一场穿越时空的浪漫约会，不仅仅以自己的方式表达着一份怜香惜玉的心境，更有把桂花龙井作为中秋节新的礼品，去颠覆中秋送月饼的传统之趋势。

秋风秋雨之时，一盏好友赠送的桂花龙井在手，看着瓣瓣嫩绿的龙井茶叶片在清澈透亮的水色中舒展、起舞，点点桂花星星般闪烁其间，恍若置身于春花秋月中，感觉到清风微拂、彩蝶轻舞、山岚飘飞、云海翻滚……所有伤春悲秋的愁绪都随温馨的茶香花香烟消云散。

确实，这一杯集茶味与花香为一体，既有浓郁爽口的茶味，又有鲜灵芬芳的花香，花气袭人，甘芳满口，沁人心脾的桂花龙井，和印象中的花茶完全不同。

中国茶叶博物馆的馆长王建荣先生告诉我，这是一次茶对花的等待过程——清明时节上好的春茶被炒制好后冷藏着，等候着中秋时分最香甜的秋桂的收摘。这份穿越了季节的守候，留住了春的明媚，锁定了秋的甜美，把最美丽的春秋氤氲于一盏之间，就如人生中那一场地老天荒的邂逅。

紫笋在金沙泉中舞蹈

"茶者，南方之嘉木也。"这是唐朝时一个叫陆羽的人在他的一部著作《茶经》开篇"一之源"中的第一句话。而我一踏上长兴这块土地，就会情不自禁地把紫笋茶当作是南方嘉木的一个具体名字。也许，今天的我们一说到"中国茶都"，就会联想到盛产西湖龙井的杭州，以碧螺春闻名的洞庭，铁观音飘香的福建安溪……而一说到浙江长兴，对茶稍有感知的人都会想起"茶圣"陆羽，和他那部流传千古的经典著作《茶经》。正是在那一方土地上，茶人的祖师爷——陆羽潜心研究茶道并著《茶经》。

确实，长兴和茶的渊源由来已久，那缕缕茶香悠远而久长，绵绵不绝。自唐朝时起，产于长兴顾渚山的紫笋茶，就和产于广东的荔枝一样，成为当时的贡品。茶的气息日积月累地凝聚在那方水土里，那里的泥土芬芳中糅合着茶的清香；那里的空气中浮动着茶的味道。

在清明前两天，我曾去长兴水口乡采访，正是茶农们最忙的季节，紫笋故乡的茶农们正在采茶、炒茶，忙得不亦乐乎，整个山乡茶香四溢，我们呼吸的空气都是新茶的香甜。虽然那一整天只顾忙于拍摄、采访而没能坐下来喝一杯新茶，但却没有往日离开茶时的那份难熬。因为和茶有关的劳动场景总是让我觉得非常养眼怡情，而新茶的气息总让人感觉神清气爽。在这样的地方，吸一口空气就像喝了一杯清香的茶。

忙碌的农家制作紫笋茶的景象叫人遐想，恍若又看到了皮日休《茶舍》中描述的"棚上汲红泉，焙前蒸紫蕨。乃翁研茗后，中妇拍茶歌。相向掩茶扉，清香满山间"。那时，农家加工紫笋茶的场景生动地再现着：先在棚顶上引好泉水，再蒸煮紫笋茶芽；蒸熟后由男子负责研成膏茗，再由中年女子放在模子里拍打成型，最后烘焙。在焙茶时，即使将门窗关起来，其散发出来的茶香，仍能弥漫整个山间。制茶的工艺一直在与时俱进，那缕茶香一直延绵不断，日益浓郁。

顾渚山旁，长兴县斥资一亿元，作为 2008 年第十届中国茶文化节主会场的千年皇家贡茶院正在紧锣密鼓地修建中。这项对顾渚山大唐贡茶院旧址进行保护性建设，包括制茶作坊、茶宴厅、陆羽阁、吉祥寺大殿、展廊等建筑。那些刻意做旧的木头台阶，那些带烟熏火燎痕迹的栋梁、庭柱、门窗，那些仿古的铺地青石板，那些精雕细琢的细节让时光倒流，把我们的思绪拉回了 1300 多年前的唐朝……

仿佛依旧能听到陆羽侃侃而谈的声音，就是在顾渚山那片郁郁葱葱的茶园里，茶圣和那些同好的茶友谈茶、论茶、品茶，在金沙泉边煮茶论道，悉心研讨茶的种植、栽培、烹煮等技艺。常常，会有三五位"茶痴"相聚，从金沙泉汲来清泉，煮了紫笋茶后，欣喜地欣赏碧绿如茵、清清亮亮的汤色；举杯闻香，氤氲的香气涣散不凝，一丝一息，纯粹的江南味道；细啜一口，一种奇妙的感觉从舌尖传至舌根：微苦而不涩，微甜而不腻，喉韵回甘，齿颊留香，渗透着生命的醇厚。陆羽兴奋地琅声赞道："紫者上，笋者上，野者上。"于是，这句对紫笋茶的最高褒奖就记录在了《茶经》中。

　　紫笋作为唐朝的贡茶，每逢茶季，湖、常两州刺史奉旨入境督造贡茶，役工万人，顾渚山立旗张幕，太湖里画舫遍布，盛况空前。龙袱包茶，银瓶盛水，每年分五批急程贡往长安。湖州刺史杜牧诗中曾云："笙歌登画船，清明十日前"，李郢诗中亦云："十日王程路四千，到时须及清明宴"。紫笋贡茶必须在清明前十日制好，清明节到京，以便在这天皇帝用它来祭奠和宴请王公大臣。凡清明节到京的茶叶，谓之"急程茶"。由于当时皇室对紫笋茶的好爱，长兴建起了大唐贡茶院，督造顾渚紫笋茶，这也算是有史可稽的中国历史上首座茶叶加工场。唐代在进贡紫笋茶时，还必须用银瓶盛装金沙泉水，一并送到长安，所以有"顾渚茗金沙泉"之说。

　　陆羽对茶的贡献，不仅是发现了茶对人体健康的种种好处：可以清热解暑、消睡提神等，更在于他把茶提升到一种文化的层次上：饮茶是一种艺术，是一种修养身心的手段，是一种无可比拟的精神享受。这种茶的精神道德境界历久弥香，刻进了茶乡长兴人的骨子里。就像那株经久年代的紫笋茶，一直在长兴深深扎下根来，并渗透到百姓生活的点滴之中……

茶　缘

　　我和茶的缘分一定是与生俱来的，一旦相遇就终生相伴，再也不会分开。缘定三生三世。

　　如果真的有前世，我想，我的前世一定是一株茶，是一株禅茶，长在你出家的寺院旁。

　　而你就是那个爱茶的僧——种茶、摘茶、炒茶，茶香终年流溢，温馨天天缠绕，于是，清寂的寺院就不再幽凉清冷。

　　夏日，你从我的清苦中体味出沁人肺腑的甘甜回味，绵绵，又绵绵；春天，我是你读经困倦时的浓郁清香，缕缕，还缕缕；

秋季，你单调、清寂的木鱼声声里，我是缠绕你的氤氲气韵，袅袅，复袅袅；冬天，我是你捧在手心里的那一剪温情，脉脉、再脉脉。

记得那年清明前的一个春天，那位叫苏东坡的诗人又一次来到寺院访你，在春风和煦的院子里摆下了竹制的桌椅，点燃小泥炉的那一朵火焰，他和你一起新火试新茶。那一日，你们又在一起烹茗、说禅、论诗文，从日出一直到黄昏。因为，这是东坡先生最后一次到这里了。

这样的时光，阳光总是格外明媚，清静的寺院里有你和东坡琅琅的声音，纵情的吟诵、开怀的笑，和偶尔为一个字、一句诗词的争执，空气里充溢着浓得化不开的茶香和墨香，风也悄然无声。他走后，你常常对着我叹息、吟咏，欣然提笔，写下一行行诗文，那些文字大多和我有关，一句句、一行行，点点滴滴我都努力地记忆、回味，并刻进了我的骨子里。

那年以后的又一个清明，正逢倒春寒，春风料峭，细雨霏霏，湿透了你的衣襟。幽怨、孤寂，对远去故友的思念之情油然而生。

而此刻，移守密州（今山东诸城）的东坡也和你一样，思念故乡、思念故友，在城北超然台上新填了一首词《望江南·春未老》：

> 春未老，风细柳斜斜。
> 试上超然台上看，半壕春水一城花。
> 烟雨暗千家……

东坡这首糅合着游子炽烈而又复杂的思乡情怀的词，更是让你愁绪满怀，倍觉寂寞、孤楚。那时，我也和今天一样，特别怕冷，因此，春寒料峭也冻结了我萌芽的念头。这更激起你感慨万端，你以为我只是草木，听不懂你的抒情。其实，你们的点化、熏陶，早就赋予了我灵气和神来之笔，只是我无法说出来。

于是，今生今世，我化作一个写字的女子，就像黛玉以泪报答浇灌之恩一样，我以带着茶香的文字报答你的诗文之情。我一生与诗文结亲，与笔墨为伴，殚精竭虑凝结成字，就是为了和你相遇在这样的一个春日！仿佛我所有的文字就是为了你而时刻准备着的，一切都从前世就开始，就储存在我心灵的硬盘中了。

虽然，你我相隔着数不清的高山流水，但你还是在一个陌生的地方看到了我的文字，一眼就认出了前世的我！注定了，我们要在今生今世相逢。我们甚至没有相见，但却已认定我们就是前世失散了的亲人。那份缘，那种爱，那般依恋，无关世间男女，不关风花雪月，更有别于艳俗风情。

我守候一春一秋，就是为了得到你的眷顾么？

而你，修行一生一世，又在为谁还清欠下的债务？

假如有来生，假如你来生还在那个寺院修行，我依旧要做一株禅茶长在那个寺院旁，我愿意是被你亲手摘下的那一瓣绿叶，依旧是冬日捧在你手心里那一盏暖暖的茶中，最嫩、最绿的那一瓣。

哪怕是再一个千年的轮回，你我才能有下一次相逢，我亦无怨无悔！我愿意就这样轮回，一世，又，一世……

爱茶如命

我爱茶，爱到不可一日没有它，这是真的。所以，和茶有关的文章我从来都是非常乐意去写的，也许是爱屋及乌吧。

读过那些有关茶的文章后，许多朋友猜测：我若不是学茶专业的，就是做茶馆老板的，再或者我家祖上有人种茶的？其实，都不是。

　　我和茶初次相识应该缘于大学时的一次重大失误吧。那年酷暑，正逢复习迎期末考阶段，同学们都在很疯狂地用功，我看着急啊。因为我在刚进大学那会儿的成绩排名常常是倒数第一，和倒数第二的差距还相当大，所以，我即使想不用功也会假装用功的。可偏偏我是个习惯于早睡早起类型的，看着那些夜猫子同学们漏夜苦读，我也苦苦地撑了两个晚上，却总是读着读着就睡眼惺忪了……

　　由此，我就养成了午睡的习惯。有一回临考前，我在午睡时做了一个噩梦，梦见自己面对考试卷却一个字都答不出，而且连那些试题都看不明白。我急得汗像喷泉一样，结果就听到了下课的铃声，老师收起了我那份白卷，我听到同学们在兴奋地对着答案，一声声尖叫："啊，这一道我答对了！""完了完了，又错一道。"耳边的一声声议论很真切，但我忽然感到我自己却是躺在床上的，一句话都说不出来。我不由得大声哭了起来……

　　当同学们把我从梦中摇醒，告诉了我事实的真相后，我觉得事情的结果比噩梦更恶劣——此时已经是下午4：35，考试早已结束，而我因为睡觉而旷考了。这样就有了我大学里唯一的一次补考。我恨透了午睡，从此以后，我痛改前非，学会天天熬夜但决不午睡。

　　这样我确实是多了许多的读书时光，但读书的实际效果却很不理想，因为我的脑子基本上处于半休眠状态，读书只是摆了个pose（姿势），双眼只是在书本上梦游。常常把我的两只大眼睛熬得像兔子一样红红的，还成天张着嘴巴打哈欠，被同学们嘲笑为"鸦片鬼"。

　　为了寻找醒脑良方，我四处请教，并很虔诚地一一试验，当然不敢试那些"头悬梁、锥刺股"的酷刑，最终觉得喝茶最适合我。开始只是向同学讨茶叶，后来我的茶越喝越浓，同学说供不起我了，我就自己去马路边的摊上买散茶，10元钱一斤的那种劣质茶，反正那时我不懂茶好茶坏，只要茶汁浓且可以多次冲泡就行。

从此至今，我不仅不午睡了，即使一个晚上不睡都没有瞌睡了，真没想到，茶是这么神奇的一种树叶子，我因此一发而不可收地爱上了它，并且越爱越深，非常上瘾，到了没有它就不能活了的地步。我这样说一点不夸张，只要一天不喝茶，我自己明白，活着和死了没什么两样，因为不喝茶的我，脑子里一片糨糊，整个人是没法思想的行尸走肉。

这话，听着有点可怕，但这是事实呵！

为什么要吃饭？

"为什么要吃饭？"有一位朋友说要请我吃饭时，我立马下意识地问了一句。这样的问题，按说不应该是我这样的吃货会问的，无奈的是我曾经患过的"吃饭恐惧症"近来又一次复发。

病因源自我曾经的职业——餐饮记者。说实话，为了写稿子而去吃饭是一桩很痛苦的牺牲。有人说，你得了便宜还卖乖，而我说这话真的不是吃饱了撑的，这一点凡是跑餐饮线的记者想必是有体会的。

我说的牺牲之一：是吃饭的时间，别人是真正吃喝玩乐享受，而我却在工作，一边想着如何把口中的滋味变成文字描绘，一边还得记录一些诸如菜名之类的资料，明显地带着心事和压力吃饭，能消化吗？

我说的牺牲之二：是放弃了自己爱吃的，强迫自己吃不喜欢或者厌恶的东西。其实，我能够吃得下去的食物种类非常有限，爱吃的就更少了，无非是海鲜和蔬菜，我最喜欢的味道也就是甜的和酸的。

但我不能总是只写海鲜和蔬菜，只赞美甜的和酸的呀。鸡鸭鱼肉、山珍海味、酸甜苦辣咸，在美食中肯定是一个也不能少。于是，我就得像神农氏一样尝"百草"，然后还得告诉大家，哪种"草"是什么味道的。虽然不至于因为误食断肠草而死掉，但也常常有吃毒药的感觉。

有一回，去写一个甲鱼煲，其实我闻到那种味道我就觉得很不舒服，但我有什么办法？得用很顽强的意志强迫自己去吃，还得用一种意念告诉自己那是一种鲜美，其实在心里觉得自己变态和虚伪。还有一次写川菜就更痛苦，辣得我嘴巴一直就没有合拢过，且"三日不知肉滋味"。也许，对于别人来说，吃香的喝辣的，是美食的一种境界，对于我，却不是！

所以，我常常说，一个人的美味，也许是另一个人的毒药！

我说的牺牲之三：是味蕾和我的胃好辛苦。有时，一餐晚饭得赶场子似的跑三五个饭店，那些餐饮店的老板因为看过我的文字就指名道姓要我亲自去吃饭，不能找替身。所以我常常是这个地方吃三两筷子，那个地方喝半盏一勺的，把胃撑得超负荷，把味蕾折腾得疲惫不堪，常常不明是非不分好歹。反正吃了人家的嘴软，就净挑些赞美的词吧。

仔细看看，四周跑餐饮的记者几乎没什么红光满面、肥头大耳的，好不容易有个面色还算红润的 MM，忽然失踪了许久，等到再相见时，看她面色苍白人也消瘦许多。原来，她患了胃出血……

所以，有一阵我听到吃饭都色变了，好像一叫我吃饭，我都翻脸不认朋友了，我习惯性地反应："哦，我已经不跑餐饮了，我发不了稿。"朋友们都说："你都吃饭过敏了，我又不是餐馆老板，我不会让你发稿的。"

就这样，在友情的温暖下，我一度忘记了吃饭的痛苦，又开开心心地去赴宴了。近日的一个黄昏，我正像一条流浪狗一样在觅食之时，接到一位久不联系的朋友的电话，说想我了，要请我吃餐饭。饿汉见天上掉下个馅儿饼，多半是会塞到嘴里去的。我也一样不能免俗，像一阵风一样刮进饭店，又重现了我饕餮的本性。饭毕，那位朋友在我身后叮咛：下次叫你要来啊。我的脑子早被美食塞满了，哪还有空间留给思考，随口应允：当然啊!

两天后，那位久违的朋友果然又叫我了，不过不是叫我吃饭，而是叫我干活，当然不会是太轻松的活儿呵。这下，我的胃开始习惯性地疼痛了起来，对请吃饭又开始心有戒备了。我觉得"为什么要吃饭"这是一个必须弄明白的问题。因为我顿悟了：不能再这么浑浑噩噩地不知道为谁而吃饭了，我得好好为自己而吃饭！

亲，别盗吃我的零食

不管你是卖家还是买家，只要在网上做买卖，就不得不和快递打交道，自从有网店开始，就有了许多关于快递的传说——快递可以跟蜗牛的行走速度PK的，快递野蛮装卸把你新买的宝贝变成破烂的，快递态度很傲慢的，快递常常在你家楼下大声喊着你的名字吆喝你下楼去取件的……这样的事情我都碰到过，作为一个见多识广的网购达人，我总是大度包容地一笑了之：常在淘宝江湖走，哪有不湿鞋的？

可是，就我这样号称淘宝"老江湖"的人，也一样受伤了：我买的一堆零食横数竖数，数来数去的结果都是一样的，少了三包。跟店家讨说法，店家给了我一个非常艰巨的取证任务：拍摄包裹的正反面，传图过去；再去称一下分量。

说实话，如此费尽周折的取证作业，我极不愿意去做，且所耗的时间和精力成本也远远高出那三包零食的价值。但我是一个较真至迂腐的主儿，只要是力所能及的，我都会吃吃力力地去分清黑白。我的想法是：淘江湖毕竟不是捣糨糊哦！

店家不愧火眼金睛，我侦破的结果跟其猜测的一模一样：分量比单子上填写的少了600克，包装曾被不显山露水地拆封又重新在原包装袋外加了一条透明胶封上了。我不得不相信江湖上的传说是真的：我买的零食被快递偷吃了。"亲，我们都被快递坑了！"我和店家一起泪奔。

虽然店家长期以来和颜悦色地叫我"亲"，真像亲亲热热一家人，但我是一个"亲兄弟明算账"的传统的中国人，我当然想要一个解决之道。店家也很受伤："我也是受害者，能不能分摊损失？"其中掺入了细微的责怪：以后收快递一定得看仔细包装是不是被动过？我本来已经被拍照、过秤之类的来回折腾到了忍耐的极限，立刻扔下平日里时刻守住的淑女底线，暴跳如雷：我已经为快递买过单了，难道还想让我给他包吃包住？他又不是我家保姆！再说了，我又不是机场的安检仪，快递做手脚这种蛛丝马迹我怎么看得出来？

以前我一直不肯相信江湖上盛传的有关快递的那些事儿，还以为是奸商败坏了快递的名声。非常骇人听闻的诸如 LV 包被快递偷梁换柱成了廉价的 PU 包；行货手机被"掏心掏肺"地"心脏移植"，嗅觉灵敏的买家若是退货，快递又一次做"换心手术"把原装的换回去；百元的红枣被调包成十元的品种，等等，常常是买卖纠纷不断，买家称店家黑心，店家说买家刁民……

快递如得利渔翁，店家和买家这些"亲"是相争鹬蚌。

既然淘江湖如此险恶，为什么还有那么多屡遭伤害却依旧坚贞不屈地对网购执着的"亲"？估计还是因为网购又便宜又省事吧，毕竟，开网店的"亲"们大多还是诚信、厚道地做生意，为一点微利辛勤地付出着劳动，有时还得承担快递造成的损失。比如我碰到的那家店不仅如数补偿了我的损失，还对我好言相慰，劝我回心转意继续快乐网购。说得我破涕为笑，又开始为网购心动。这不，快过年了，我想多淘一点零食囤着啊。

不过，都说，每逢年节边儿是快递"硕鼠"们最猖獗的时令，我心有余悸，弱弱地说一声：亲，别盗吃我的零食啊！不知道他们肯不肯放过我的那一句？

是淘还是逃?

　　自从一脚踏进淘江湖后,有点像上了一种什么船的感觉,一旦迷上就很难戒掉。最初迷恋淘宝是因为贪图购物方便和便宜,还有一条最最主要的原因是在现实中我极不善购物,不仅口拙不会讨价还价,而且头脑简单算不清楚账目,常常被人算计。而网购则一键可以搞定许多在现实中我觉得很困难的事。比如,快速找出同一款货的最低价、销得最好的、信誉高的。对于那些未知的东西还可以参看买过的人的评价,价钱也不用你自己费神地计算,电脑会替你自动生成,且还免去了风吹日晒的奔波之劳……总之,我觉得淘宝就是我的购物天堂。

　　开始时,对于这种看不见、摸不着的网购心里还有点不大踏实,只买一些廉价的小零小碎,做好了"大不了没用扔掉"的最坏打算。渐渐地胆子大了,出手也大了,从几百到几千的都敢买,给淘宝作了不少贡献。而最大的贡献还不是我花掉的那些钞票,倒是我口口声声说淘宝好,好像拿了他们的什么好处费一样,很卖力地替他们做口碑,甚至于把耄耋之年的婆婆妈妈们也都拉入到"网上买"的队伍中。

　　不知不觉间,网购已经成为我生活中不可或缺的内容之一,也是我上网的重要动机。我早已被一声声的"亲"叫得骨头轻飘飘了，忘记了一些不良商人的某种特质。我把逢年过节的出货大特卖和所有的促销活动都当作了我的节日，在惊心动魄的"秒杀""喷血大特价"中，我兴奋地狂抢"血拼"。在一笔笔交易成功之后，从来没想过我买的这些东西是不是我需要的，或者说是不是真的有用。

这样一来，难免会出现买到的东西和商家的产品描述大相径庭的情况：有言过其实的，有有色差的，有质量数量缩水率很大的等。有的东西买回来后根本就不能用，其中有双鞋子一穿上街就破了，加上穿着很不舒服，我立马就扔了。其实，这些东西并不全都是"便宜无好货"。有了上当受骗的感觉后，我的神志不得不灵清一些，购物也不再那么盲目和粗放，特别是碰到打折优惠的，就一定要问得萝卜不生根。

前两天看到一家卖巧克力的店很触目地打出了劲爆价秒杀，几乎是同类产品的 5 折。我不由分说地"杀"了过去，当然，下单前还是再三问了关键的要素：保质期到何时，是不是进口的，每份是 1000 克还是 500 克。在一一得到了肯定回答之后，就交易成功了。我还以为自己是撞大运了，要不然怎么会有瞎猫碰到死老鼠这样的事呢？

结果收到货后，才发现只有一半的分量，再去问时，说确实是每份 500 克的，只是轻描淡写地给了一个"客服工作不够仔细"做理由，并追加一句："我们是一家很诚信的微利店。"明显把人当傻子耍！

气愤极了的我奋笔疾书，要拆穿"奸商"的伎俩，并且要提醒"亲"们：淘宝有风险，购物需谨慎！可是，这个评价却以"有敏感词"为由被拒绝了。这让我痛下决心：从此不再淘宝。

就在这个关键时刻，也是前几天在另一家店网购的零食到货了，一拆开包裹，立刻有一种温馨迎面扑来：很好的品质，体贴入微的精致包装，和以往每一次一样，不管你买的东西多少，总是很人情味地赠送一包纸巾，还有一小包小零食或是茶叶，附加一张很温馨的卡片。这种一丝不苟的细节，很好地阐述着一种雅致、美好的企业文化。而这一次还有一个意外的惊喜：因为开店周年庆，所以赠送每一位老客一支青花瓷的笔。在没有收到之前，我很落俗套地以为只是店家的促销噱头，并没有很在意。这个惊喜，让我阴霾的心情也阳光明媚了。我开始怀疑自己想离开淘宝的想法，是不是以偏概全、因噎废食了？

此刻，我坐在电脑前，开始犹疑：我是应该继续淘，还是应该远远地逃开？进退两茫茫……

第四辑

皈依自然

杭州：桃花一样的粉红

四季落红·序

西子湖畔的风悄悄拂过桃红柳绿，昨日灼灼的桃花在风中片片飘零，谁说风过无痕？

吹过桃花枝头的风，像桃花一样的粉红；雨斜斜地洒落，携带着飘落的花瓣，在春天里下起了一场粉红色的桃花雨、樱花雨，落红和花开一样，也是春天里的风景。

晶莹的露珠滚动于出水芙蓉之上，是红粉佳人跌落的一滴粉红色的泪，映得西子湖水别样红。

丹桂飘香，满觉陇、石屋洞的空气中飘扬着粉红色的香气，像醉卧于牡丹丛中史湘芸粉嘟嘟的双颊。

山茶花、蜡梅花最终也无法躲过那一剪风，零落成泥碾作尘，染得那方土地多情、浪漫，成为坚贞的护花使者，红粉的守护神。

杭州确实就是这样一个女性化的城市，春夏秋冬地风花雪月着一种难以舍弃的柔情。

红粉的城市，当然粉红。

苏堤白堤·春花春柳

苏堤和白堤是系在那位叫西施的女子长长罗裙上的两条飘带，婀娜的女子婷婷地走过，就有一种"风乍起吹皱一池春水"的风情。轻风吹得裙带飘飘，从春光乍泄直到春色满园关不住，从此，春天就在江南的长堤上落下了长住的户口。桃花落尽，荷花亭亭玉立在水中央。

多情的花儿总被风吹落、雨打去，只有寂寞化作碧连天的无穷荷叶，相思变成长长的柳丝清冷地垂着头。

知否，知否，应是绿肥红瘦。

丝绸城·夏日凉风

那首曲子《粉红色的回忆》就是从这条街的一端开始，回忆之初就是热辣辣的夏天。粉墙黛瓦之间有粉红色的凉风悄悄走过，整条街就不可收拾地柔媚起来。柔情做成丝丝缕缕的缠绵，水草一样缠住了泳者的手脚，使其沉溺于其中不能自拔，却又心甘情愿沉沦其中，快乐无比。

于是，女人不再流动，男人也驻足于绫罗绸缎之前，谁能够忍得住不为情为爱剪下一段似水柔情？

那一段粉红色的情愫悠远绵长，让我们的相思穿越了诗经、蒹葭，承受着沧海桑田变幻的诺言，一直走进武林路哈韩哈日族的天堂里时尚着我们的双眸，依旧年轻风流地做成一袭梦的衣裳，小小的、短短的，薄如蝉翼地露着青春的腰肢和魅惑人心的香肩。

南山路·梧桐秋雨

细雨潇潇地打着滴也滴不完的梧桐树梢，风瑟瑟穿过茂密的树枝间隙，落在美酒飘香的屋顶，我们在屋里栖息潮湿的心情。调酒师手下那盏粉红色的雨中少女，让那个嗓音嘶哑的歌手一遍又一遍地喊出：爱你一万年！

遍地月光下，整条街是火树银花不夜天，越夜越美丽。于是，我们夜夜泡在那些吧里，在那些粉红色的液体中迷路，白天不懂夜的黑，直到一缕晨曦渐渐地将那一抹玫瑰色的红晕涂满那堵古老的墙头。

好像是在绍兴那个叫沈园的爱情园里，一个叫陆游的男人丢失了他唯一的一次爱情，寻寻觅觅地在墙上写下那些让人断肠的诗句："红酥手，黄滕酒，满城春色宫墙柳……"

孤山灵峰·暗香浮动

从唐诗宋词的字里行间抖落的暗香，也许是这个城市装不下许多香，于是从灵峰一直蔓延到郊外的孤山。

即使是寒冷的冬天，也一样有妖艳的红粉精灵，有谁能够抵御？谁又能够真的看破红尘？甚至那个仙人般的隐士林和靖也难以逃脱那一段命中注定了的姻缘，娶她为妻，在天堂的一座孤山脚下安下了终身的家，心就这样在梅妻鹤子之间有了归宿。

心安即是家。我们的老市长苏东坡就曾经把杭州当作理想中的雅舍："可使食无肉，不可使居无竹；无肉令人瘦，无竹令人俗。"云栖的千杆竹，黄龙洞内神奇的方竹，都是让雅士们留驻的理由。

难怪住在杭州的人都会唱："我们的家就在天堂！"

万松书院·尾声

记得那时花开，梁山伯和祝英台在院中读书。琅琅的书声里有红袖添香的浪漫。万棵苍翠的松树间，终日流淌着梁祝的情深如水。长长的三年，终于使河水泛滥，梁祝双双淹没在水中，寒窗下，只留下那张隔着一段真情的香木案。

白娘子在断桥边上洒下最后一滴被爱情伤透了心的泪水，疲惫的心灵无法再拼凑起一个完整的故事，任法海把她的爱情尘封于雷峰塔下，成为一声千古的叹息。

苏小小撑着粉红色的油纸伞走在风雨飘摇的青石板路上，走路的双腿有些乏了，举伞的双手也有点累了。她停下了追寻的脚步，收拢了那把油纸伞，就像梦闭上了眼睛。风吹过，吹落了她发髻上粉红色的蔷薇。

一朵朵花开，又一朵朵花落，像一个个悲情女子美丽的名字，和一段段有始无终的爱情故事。

爱情就是那种稍纵即使的脆弱花朵，一如这清清浅浅的粉红。

爱情西湖（七章）

一滴泪，凝结千年忧伤

我原本是一滴泪，一滴千年的忧伤凝结成的泪珠，天天挂在银河边的桃树枝头。无边的风和月和我朝夕相伴，看着我一天天晶莹剔透。

不知道是哪年哪月的哪一天，天上的玉龙和金凤在银河边的仙岛上找到了这株桃树，发现了树上的我——那一滴千年的泪珠。

他们用自己修炼千年的慧眼，看出我不是一滴普通的泪珠，于是，他俩日夜兼程守护着、琢磨着，终于把我千年的苦痛凝练成一颗晶莹璀璨的明珠。虽然在绚丽多彩的桃红柳绿之间，我只是本色的、简单得似一滴水，但却长年放光，珠光照到哪里，哪里的树木就常青，百花就盛开。

那一年春天，王母娘娘做寿，又要大摆宴席，蟠桃自然是少不了的席间珍品。我栖居的这株桃树，花特别香、果特别甜，芬芳四溢，早就引起了王母娘娘的注意。这个占有欲强烈的女人自然是不会放过这样一颗珍珠的，她派了天兵天将把我抢走。

玉龙和金凤赶去索还，王母不肯，于是就发生了争抢，王母的手一松，我就降落到人间，一个叫杭州的地方，重新由珍珠化成了一泓波光粼粼的泪水，人们给我取名叫西湖。玉龙和金凤也随我下凡，变成了玉龙山（即玉皇山）和凤凰山，依旧像在银河之畔一样，守护着我。

一个清冷的夜，一缕清冷的月光走进了湖心，和湖水溶为一体。

夜色如水。月光如水。

月光和湖水窃窃私语，从黄昏到黎明。许多个晨昏。唤醒了我早就忘记了的前尘往事，明白了自己成为桃树上那一滴千年的泪珠之前的身份——

我原来是诸暨苎萝村的一个浣纱女子。痴情的我自以为是为了爱情而牺牲了爱情，牺牲了自己，成为男人和男人之间战争的一种武器。为了越王勾践，我以身许国，把吴王迷惑得众叛亲离，无心于国事，为勾践的东山再起、灭吴起到了不可或缺的作用。当我终于与自己真心相爱的范蠡走到一起时，人们都以为我们浪迹江湖了。其实，那时的我早已是伤痕累累，付出的爱情再也唤不回，我的心也早已破碎，我变成了一滴泪珠，而范蠡就化作了一轮明月……

后来到了宋朝，一个叫苏东坡的诗人做了杭州的市长。一个风清月朗的夜晚，满腹心思的他正好漫步于苏堤，听到了湖水与明月的对话。于是，他在一首诗中叫出了我前世的名字——"水光潋滟晴方好，山色空蒙雨亦奇。欲把西湖比西子，淡妆浓抹总相宜。"于是，"西子"成了我的又一个名字。

而我，自从知道了三生三世的故事之后，夜夜都为这一帘幽梦而相思、憔悴；明月也在一天一天地消瘦，甚至在我们相约的日子，他也多次爽约。几个月黑风高的夜晚，东坡先生都忍不住"把酒问青天"："明月几时有？"当我慢慢明白了"月有阴晴圆缺，此事古难全"的道理时，我只有黯然神伤。

人们津津乐道，把我和那个水中月的悲情故事做成了一道风景，叫作"三潭印月"。却没有人知道青天碧水夜夜伤痛、心碎，就如船娘手中的桨一次又一次划破我的皮肤，我一次又一次地愈合如初，假装成船过水无痕的样子，却不知道我把一道又一道的伤痕埋在了心底。

于是，注定了，这个湖畔的爱情终将演绎成为悲剧。不是吗？梁山伯与祝英台在万松书院同窗共读三载，相得、相知、相爱，最终将一段旷世绝恋化成了虚无缥缈的蝴蝶来圆满；白娘子与许仙相遇于断桥而缘断于断桥，被压在雷峰塔下的白素贞依旧是天天看到断桥桥未断而她的寸肠断，看着她的一片深情付东流而此恨绵绵无尽期；陆游和唐琬也一样是"山盟虽在，锦书难托"而长叹：莫！莫！莫……

都说，杭州是一个爱情之都，而我眼中却是因了有情人不能成为眷属而成就了爱情的千古绝唱。

依旧是残月晓风杨柳岸。

依旧是年年桃花笑春风。

依旧是早就注定了结局却又偏偏遇见的痴男怨女。

青山依旧在，几度夕阳红。

只有玉龙和金凤默默无语，守候着我——那一泓珍珠化成的泪，汩汩、汩汩……

你的迷失，我一生的痛

那一天，西湖边。春花似火，翠柳如烟。一幅春光明媚的水粉画。

断桥上，熙熙攘攘，游人如梭。

茫茫人海中，我一眼就能认出你，不管你的模样改变了多少，你还是我前世的许仙。

还是一样的多情，还是一样的济世渡人的善良。看到我的一刹那，你也一样怦然心动，如前世我和小青与你的初初相遇。也许你依稀想得起，为了救你，我曾舍身盗仙草，义无反顾，用生命印证我的爱情。

可是，你还是宁愿相信法海的挑唆，离开我。薄情寡义随着法海出家负了我的一片真情，并信誓旦旦，生生世世远离爱情，逃避婚姻。可是，你却又耐不住古佛青灯的寂寞，诵经的双眼常常游离，飘忽。许多个寂寞的夜，你的梦回到了我们一起经营"保和堂"药店的岁月——

自古繁华的钱塘，河坊街上，我们的"保和堂"治好了很多疑难病症，而且给穷人看病配药还分文不收，药店的生意越来越红火，一时，远近的人们都知道了治病救人的白娘子。

几乎任何一个事业蓬勃、爱情甜蜜、家庭幸福的女人都会遭受劫难！

我以为自己只是行善积德、真诚相爱，我努力做得尽善尽美。可是，谁会想到我会得罪金山寺的法海和尚呢？只是因为我治好了人们的病，到金山寺烧香的人就少了，香火不旺，惹恼了法海。

好郁闷！一个出家人，不好好修行，如此人间烟火。且还不是公平合理的商业竞争，纯粹的黑色妒忌。这种妒忌的邪火烧毁了所有的善良和美丽。机关算尽的法海，使出种种手段，终于得逞了他的企图。

尽管善良的人们不愿意相信这是一个悲剧，替许仙和白娘子的传说接续了种种圆满的结局，可事实终究是以我一个弱女子独自面对和搏斗的失败而告终。爱的人变心了，美满的姻缘拆散了，我的生命也没有了。

美丽的西子湖畔，烟柳画桥，风帘翠幕之间，雷峰塔孤楚地站在夕阳下。塔下压抑着我千古不变的爱情和我滔滔不绝的伤悲。冷冷的风，凄凄的雨，多少个心情憔悴的苦夜，我独自看着不变的西湖山水，满眼秋色萧瑟，整个西湖，盈满了秋词，忧伤纷落，如雨。

深远的寂寞像漫无边际的月光清冷无声，无法言说的苦痛是春天的落花、秋天的冷雨，我悲情的泪水，可以水漫金山无数回。但如果没有了许郎你的爱情，即使是战胜了法海这个小人又如何呢？

也许注定了我是个只会爱不会恨的女人，我居然忘记了前仇宿怨，在雷峰塔下埋藏了几千年，依旧剪不断那一场风花雪月的梦。

就在我再看见你的一瞬间，我又一次抛弃了自己千年的修炼……

一样的小桥流水，一样的花前月下，和你重逢，我满心欢喜。

幸福和痛苦却跟得如此紧密，没想到你的身后依旧跟着那个怀恨在心的多事法海，更没想到转世之后，他还是那个有点小法术却又心术不正的小人！而你依旧和前世一样，还是有点缺钙的江南书生，犹豫不决、脆弱还是你的特点。一边爱着，一边忏悔着，授人以话柄，害得我爱情的天堂里充满了叽叽喳喳的是非，法海又来兴风作浪，像前世的那一场倾盆大雨，不期而至。可是你却再也没有替我撑伞，为我挡风遮雨，任我一个人在风雨中哭泣。

对于你也许只是又一次受了诱惑后的迷失，醒悟后，你可以再一次忏悔，却造就了我一生的痛。此去人生，我的爱情将再一次被埋葬在雷峰塔下，看着青山依旧，看着夕阳红了，一度又一度……

只有痛，没有怨和恨

注定了我们要在这样的时光相遇，不是太早就是太迟！

知道吗？就在你我邂逅的一刹那，我以为我找到了自己的爱情天空。

可是！

当一声声的责骂在我的天空上划满了伤痕的时候，我终于明白：我依旧是来偿还前世欠下的债务，而不是来感受爱情的甘露。

于是，我只好继续写着在清朝时就开了头的那一行行诗文——"冷雨幽窗不可听，挑灯闲看《牡丹亭》。人间亦有痴于我，岂独伤心是小青！"以慰藉自己孤独的灵魂，在杭州孤山的放鹤亭边，清清冷冷。就像当年，被幽闭在一处别院的青春年华。

还记得那个元宵节夜晚，寄居在你家的我几乎是不费什么力气就猜出了挂在院子里廊沿下的所有灯谜，真的不应该把我从小饱读的诗书都抖出来晾晒，让你知道了寄人篱下的孤女冯小青是一个如此美丽的才女，就在我小小年纪还来不及弄明白爱情是什么时就成了你家的小三。就像此刻，也是因为诗文的诱惑，让你我双双坠落爱河淹没了所有的现实和理性。

那种脱离实际、没有依托的爱情，像脆弱的桃花，再艳丽也没有几时的明媚鲜艳，注定了是红颜薄命。就像那时迫于妻威的夫君把我独自一人囚禁于孤山的冯家别墅中，像一只被你囚禁的鸟，不可能去感受蓝天白云，也没有爱情阳光的温暖。

无尽的抑郁和孤独像冬季的梅林，梅花点点滴滴缀满了枝梢头，一朵朵都是我的命运，历经苦寒，零落成泥。

孤寂凄清的每一天，我对着镜子看着消瘦的脸，拖着长长的罗裙穿过幽幽的回廊，像秋风的影子。推开雕花的木窗，听着那萧萧落叶，掉在湖水中央的漩涡里，像无助飘零的我。纤长的手指浸在水盆里，小楷写下的诗句，一字字，一句句，都是生命泣血写成的诗文。

丝弦断了，一夜雨后凋落的庭院，花样年华，红消香断。

孤山脚下立着一块石碑"清朝女诗人冯小青之墓"，像林黛玉焚稿后，一弯冷月埋葬了诗魂。

　　一个爱情西湖，流淌着的都是多情女子悲苦的泪水。仿佛爱情嫁的就是眼泪，爱情男女有谁又是真正快乐的呢？

　　也许，正如杭州城隍山城隍庙门口的那一副对联："夫妇本是前缘，善缘、恶缘，无缘不合。儿女原是宿债，欠债、还债，有债方来。"

　　这样的禅意和佛理我都懂——人生本来就是为了还债。也许，在我10岁那年我就该听了来府里化缘的老尼的话，跟着她出家，也就免了红尘之苦，因为我本来就是个有佛缘的人。后来，南怀瑾先生还是把我归入了佛家，他在讲经时，特别提到了我的诗："稽首慈云大士前，不升净土不升天，愿为一滴杨枝水，洒到人间并蒂莲。"

　　是呵，我受够了爱情之苦，懂得那种苦透心的折磨，所以，不求死后升天，或往生净土，而愿化作菩萨净瓶中的一滴甘露水，洒向人间，希望人间"恶缘"都能转成"善缘"；祈求世界上的夫妇，永远幸福、快乐、美满、和谐；但愿杭州真的可以成为幸福的爱情之都。

　　而今生我又会遇到你，我只有选择放弃，因为你是我的前世欠下的债务，还债也是我前世许下的诺言，我只有把伤痛留给自己，心甘情愿，没有怨和恨。

爱失信，相见不如思念

　　你的声音从这个城市的某个地方传来，应该是离我不远的一个地方。但我知道这个声音不是来自一个家中，只是一个客栈或者说是一个宾馆，因为你只是这个城市的一个匆匆过客，也是我生命中的一个过客。

　　你走过，像一只蝴蝶飞过一个花丛。在哪朵花上停留了一下，对于你并不是一种承诺，你也不会因此而记住这朵花的名字，更不会因此而恋上这方养育了花的水土。

你喊着我的名字，很熟悉的样子，仿佛不是第一次喊这个名字，像一个老朋友。是的，我认出了你——我前世的阮郎，我是你的小小，可是你是不是还记得那个叫苏小小的女子？

你一脸茫然，分明忘记了你我的前世，那一段让我柔肠寸断几千年的故事——

和今天一样，那一天的西湖边，也是细雨霏霏，湿漉漉的青石板路上一辆孤楚的油壁车，和迎面而来青骢马擦肩而过。偏偏车和马都情不自禁地停了下来，就是因为那不经意的一回头，就注定了我和你的那一段情缘。

虽然只有三个月，却是我爱情的一生。

我们车马相伴，一起沿着柳岸观望南高峰、北高峰，一同在画舫中游览湖心亭、阮公墩。记得我们最后一次是在平湖秋月，对着明月盟誓，生生死死不离分。

可是，自被你在京做官的爹爹派人来催回去之后，你就杳如黄鹤，一去没有再回头。

一样的春花秋月，一样的花开花落，一样的月圆月缺。

我撑着我们曾经一起撑过的油纸伞，一个人孤独地走过，冷冷的风，瑟瑟的雨。寂寞的湖岸边种满了桃和柳。一株株杨柳，丝丝缕缕都是我痴情的企盼和无期的等待；一朵朵桃花，点点滴滴都是我离别的愁绪和相思的泪水。

从此后，良辰美景，形同虚设；风情万种，无处可寄托。

我的歌中舞中、我的诗里文里都是相思的缠绵，期待的忧心，字字句句含恨带怨，眼角眉梢写满了坚韧的等待，坚贞不渝，柔情似水。直到用所有的灰心做成一个坟墓，我依旧守在西湖边等着你到来，就是为了要给你讲一讲这个不朽地等待的故事。

一年又一年，一岁又一岁。你终于来了。可是你依旧和前世一样，依旧只是一个过客，并且你没有耐心听我的故事，所以，注定了我和你的今世是隔着相见不相认的距离。

虽然你的到来是我的等待，可是我不能见你，我不想让你在我的生命中留下太深刻的痕迹，我怕那种如柳烟一般不胜轻风的薄情，再一次负了我的今生，我不想再把自己变成一滴伤心的泪让你去收藏。

你说，你会后悔。是的，我是会后悔的，我现在就后悔了，不见是一种后悔，见了也一样会后悔，也许会是更大、更深的后悔，认识你本来就是一种后悔。

但我宁愿这样淡淡地遗憾和后悔，总比终生无望的思念和牵挂的心痛要好些。没有开始就结束了，那是因为我在前世就已经知道了这个故事的结局。

不相见，未必就没有了相思，但我宁愿再等一个千年的轮回，直到你想起我们未了的缘分……

因为梁祝，爱情永远年轻

那一双经典的蝴蝶，又一次飞到他们读书的杭州城里，走过了千年百年以后，梁山伯和祝英台依旧年轻而纯情，他们的爱情从来没有染上一丝世俗的风霜。依旧和从前一样，草桥结拜金兰，同窗共读三载，十八里相送长亭路，两情相悦心心相许，直到双双化为翩翩彩蝶……

由台湾联合昆剧团和上海昆剧团联袂演出的昆剧《梁山伯与祝英台》，如一枝幽兰，绽放在杭城的夜空里。那样一个秋凉如水的夜晚，一出清丽婉转的昆曲，缠绵悱恻地演绎着一个就发生在杭州的爱情故事。于是，整个杭城的空气被彻底柔化，弥漫着一种似水柔情。

　　昆曲版《梁祝》由台湾戏曲界学术泰斗兼剧作家曾永义编剧，上海昆剧团沈斌导演，苏州大学周秦教授编腔。是台湾戏剧界参与制作的第一部昆曲作品。也是中国昆曲自 2004 年 5 月 18 日被联合国教科文组织宣布为"人类口头与非物质遗产代表作"之后，一次盛大的庆祝。

　　这出戏不仅是依腔填词、曲牌成套，严格按照昆曲体例创作，而且还别出心裁地以"南杂剧"形式来加以呈现，整台演出浪漫抒情，简洁大气，根据曲牌格律把全剧定为"结拜""学堂""访祝""相会""逼殉""哭化"七场，既可完整演绎，又可以以折子戏的形式单独演出。同时，该剧所用的诸多套曲大都不常见于当今昆剧舞台，如十八相送所用南北合套曲牌，展现了南戏北剧交融的特质，给人耳目一新之感。

　　即使是一点不懂戏的人，也会被演员的那种身段、体态、动作的优美、含蓄内敛所感染，而戏中的唱词更是字斟句酌，遣词造句是那么精雕细刻，平仄韵律是如此地考究、清丽、雅致，"中国的文字真的是美丽！"剧场里常常可以听到这样情不自禁的赞叹。昆曲虽然属于曲高和寡的高雅艺术，平日里总觉得和我们有点距离，但那一天，一同看戏的女友说了多次："其实，昆曲并不像别人说的那样难懂不容易被接受啊，我觉得我不看字幕也一点没有障碍可以懂啊，而且真的感觉是一次美的享受。"我也深有同感，美的东西总是会有人喜欢的。

　　昆曲的那份美丽蕴藏得很深，不像那些表面上就很华丽、很喧哗、很香艳的东西那样，一下子就能吸引人的耳目，昆曲真的是一枝幽兰，只有那些有心境、懂得品味的人们才能够感受到这枝幽兰的雅韵、清香，而当你真正地沉浸于其中时，那份享受的快乐就不会是过眼的云烟了。我想，那一晚，杭州的许多酷男靓女们都被这样的美丽感动过。

　　舞台上，雨过天晴，轻风柔柔地吹动，一对美丽的蝴蝶从刻着"梁山伯之墓"的坟头飞了出来，在阳光下自由地翩翩起舞，两只美丽的蝴蝶飞过之处，花儿也漫天开放，整个世界都成了彩色的天地……台下再一次响起雷动的掌声，演员们谢幕很久了，观众依旧没有要离开的意思，还在那样地鼓掌……

新编昆曲《梁山伯与祝英台》虽然只在杭州上演了一场，如昙花一现，但那份深入人心的美丽，却不会像烟花落尽后的寂寞。一场最最经典的爱情故事和一出最最阳春白雪的昆曲，完美无缺的结合而成的千古绝唱，是真的能够摄人魂魄的。看戏以后的那些日子里，我就常常有魂不守舍的感觉，甚至于在大白天，也时常会像那位庄周先生那样，有梁祝的蝴蝶翩翩入梦而来，久久地徘徊于心田里的那方青青碧草丛中，那韵味悠长的昆曲，余音袅袅，缠绵于城市的高山流水之间，真的是绕梁三日，又何止是绕梁三日！

美好感情，无关世俗的标尺

我有一帘幽梦，藏在杭州一个叫满觉陇的地方。这个梦一直镌刻在我的生命中，不管走到哪里，都走不出这个梦。

金秋季节，杭州是一个桂花的城市，满觉陇则是南高峰南麓的一条盛满了桂花的山谷。

仿佛这个地方正好对着月球上吴刚砍落的桂枝。那些日子，嫦娥似乎舒展着水袖，把袖笼里的桂花都撒向了人间，落在了杭州的满觉陇。于是，这个地方沁人心脾的馨香具体得可以看见、可以触摸、可以感觉。

每到了这样的时光，走进满觉陇，我都会感觉自己走进了桂花的灵魂深处。

这个都市的村庄里，桂花无处不在，每家每户，屋前房后，村里村外，满山遍野，路两旁，一丛丛，一片片，一簇簇，一层层，举目皆是金黄色的金桂、橙红色的丹桂。

桂花的美，不是因为她美艳的姿态，而是她深入人心的香气。

每年中秋前后，几番金风凉雨，秋阳复出之时，满树的桂花竞相开放，流芳十里，沁透肺腑。那里的桂花很懂得珍惜光阴，在应该开花的季节里，她们无拘无束，开得毫无顾忌、张扬、肆意，无怨无悔地把一生的守候都化作浓烈的芳香。她们年年岁岁守信地聚集在一起，集体唱出生命中最温情、最芬芳四溢的歌声。

随便找一家农户，在门口桂花树下置一些简单朴素的木头桌椅，喝桂花茶、饮桂花酒、吃桂花糕、剥桂花栗子，也许那家屋里真的还会走出来一位名字叫桂花的娘子，给你沏茶、添水，招呼你。

每当有风轻轻一吟，桂花便舞蹈着飘落在你的发间、肩头，和你肌肤相亲，像是用花做出来的雨点，点点滴滴，全都像是郁达夫的小说《迟桂花》里的字字句句。想必当年的郁达夫一定就是这在一抹清丽婉约的自然风光里，沉醉于那一簇簇迟开的桂花中，用尽了他最缜密的心思，写成了这篇在思想上、艺术上最具有他晚期创作特色的小说。

《迟桂花》中的文字真的就如这里的桂花，淳朴、祥和，不是很绚丽，不是很浓烈，但荡漾着一种淡淡的忧伤，一缕朦胧的美，让人生出一丝无法舍弃的眷恋。更是因为在这样的环境中酿成的意境——人与人之间那种优美与微妙的感情："郁"先生是喜欢莲的，但他们却没有夫妻缘分；然而做不成夫妻，却可以兄妹相称。男人与女人之间最最完美的关系，就像这绿莹莹的茶水里散落着那一粒一粒的金黄色花瓣，花瓣和茶叶相映成趣、相互柔媚、相互糅合，毫无戒备与隔膜。

我相信，这个地方是我生命中一个情感的桃花源，只有吴刚、嫦娥的传说，只有"郁"先生和莲的微妙情感，只有天上人间的美丽故事；而没有任何世俗的标尺来度量是非。

因此，不知道是为了寻找，还是为了释放，每次桂花开时一定走进这个地方，感觉自己找到了灵魂的家园，恨不能就此化成一剪轻风，沐雨披香，心甘情愿地感染桂花生命的气息，醉倒、融化……

那一帘幽梦便得到了最好的还原……

遇见 Aman，爱情依旧心跳

就这样走进去，走进夜的深处。

也许，我的想法和你一样，故意想让自己有一次迷路。

同样的树林，走过一片，又是一片；一样的碎石子的小路，一样的石板台阶和小桥，同样风格的旧民居，走过来绕过去，这真是个玩迷路的好地方。一幢幢看似农舍般的屋子，如白雪公主和七个小矮人的放大版。很像爱丽丝漫游仙境，还有身边的你，真实得不像真实的世界……我的思绪又开始在童话和成人世界间跳跃。

原来，这个杭州城里灵隐寺和永福寺旁的法云古村，就是传说中的顶级度假酒店——Amanfayun（安缦法云）。依旧是一样的村庄，古村中 47 处始建于唐代的建筑也一样保留着，成了酒店的主体结构。路还是那条路，树还是那些树，桥还是那座桥，只是原本的农家变成了酒店的客房。修旧如旧，对当地文化最大的保护和尊重，是 Aman 让人着迷的秘籍之一。

听说，有专门的 Aman 迷，酒店开到哪里就旅游到哪里。如果我有足够的财力，我想我也会迷一把的。查了相关资料得知：荷兰印尼人 Adrian Zecha 于 20 世纪 80 年代创立 Aman 品牌，旗下每一家酒店都挑战着不同的自然风光和历史遗迹，每一家都有专属的美丽而独特的名字。在全球已有 20 家，吸引的是金字塔尖端的小众客源。目前，中国有两家，杭州的这家和北京颐和园的那家。据说阿尔卑斯山的那家要提前两年预订。Aman 就是这样一个神话！

一直很自恋地徘徊于杭州的我，真的一直还不知道有这个 Aman，不知道它是什么时候出现在这个城市里的，没有广告，没有吆喝，没有豪华气派的门面，甚至连酒店的牌子也只是一条小径旁一方简陋的原木上一行小小的楷书。那么低调、那么安静、那么古朴，反倒让它更具一种特殊的神秘韵味。

酒店的主干道法云径上，长年往来的是香客和僧侣的身影。连酒店里的服务生也有一种僧人的味道。我们跟着一个服务生去大堂吧问房价，被告知是五六百美元。我知道这样的询问只是一种情不自禁。

不管它怎样地不事张扬，终究还是没能掩饰得了那份高贵和奢华，如一个有深度、有内涵的人，看似波澜不惊，却注定了会在某一天给人以于无声处听惊雷的震撼。

寂静的夜，听得到轻柔的风声和纤细的流水声，还有彼此的心跳。

我们毫无目标地走过间隔着树林的小径的一个个客房，一个房间就是一幢独立的房子，每个房间都有一个好听的名字，据说每个房间的内部装饰也大相径庭。一幢幢房子寂静无声，不知道门里是不是关着蒲松龄的《聊斋志异》？

突然，不想再像平日一样去听故事或者是编写故事，很想把自己就地变成一个故事。

Aman 真的让我很惊艳，很喜欢，但也只能是怦然心动一次而已，毕竟，Aman 离我的生活很远。

花的季节（四章）

桂花的杭州

我一直觉得杭州的秋是最好的时光，浓浓的桂花香氤氲着整个城市，空气仿佛是饱含着沁人心脾的蜜意。

四季的杭州西湖，四季的花开——春天的桃花、夏天的荷花、冬天的梅花，唯有秋天的桂花在很多年前就成了这个城市的市花。不要说是景区或是公园，一般的小区内几乎每一个庭院、每一个有树的地方都会种植桂花树。更不用说是新西湖十景之一的"满陇桂雨"了，这一处景点就是桂花集中营。每到这个时节，农家的桌椅摆在浓郁的桂花香处，游人喝茶、打扑克、搓麻将或是吃螃蟹，熏染着桂花的气息。

若是怕那种喧嚣的人气污染，可以选择西湖边杨公堤从盖叫天墓到郭庄的那一段，尤其是晚风吹过，一定带着桂花的香味。不管是人走过还是车驶过，都会忍不住放慢节奏，想和桂花多待一阵。

其实不用刻意去什么地方赏桂，我家住的小区就有许多桂花树，每次都是桂花的香气提醒我，秋天又到了。桂花的香很独特，香得透彻，让人刻骨铭心，香得满含柔情，一直浸染到人心坎的沟沟壑壑。

杭州人不仅要赏桂花、闻桂花的香，甚至还要品桂花的甜。风俗里，说到"吃桂花糖"，就是指吃喜糖。若干年前还没有巧克力的时候，桂花糖就是爱和喜庆。

妈妈每年总要收集满地撒落的桂子，做成"糖桂花"，加在不同的食物里，制成桂花汤圆、桂花藕粉、桂花年糕，甚至是桂花茶，又甜又香。至今的杭州菜中，有一道著名的桂花糖藕，几乎是杭州人必点的冷菜之一。我迷恋这极浓郁的香味，其实并不是喜欢这些食物，现在好吃的东西实在太多了，只是舍不得妈妈一样的柔情，这一份浓郁的幸福。

而幸福的极致总会伴随着忧伤和疼痛，杭州的秋季是短暂的，如桂花的开花日期。这些日子，每天清晨来上班时，依旧是熟悉的小径，看到的却是被秋雨秋风摇落的满地破碎的花瓣。点点滴滴，零落成泥，暗香不再。

我常常情不自禁地蹲下去，捡拾那一地的落花，像收集千朵万朵的牵挂和期待。仰头看时，几点花瓣像雨点寂静无声地飘落在我的面颊上，我却听到那花在追忆里默默地哭泣。我痴痴地站着，忘记了自己要去做什么，一直看着落花如雨，铺满树下的小径，轻数不尽凋零的花瓣。残香。破碎。凄凉。感伤。

生命不亦如此，开花过，香甜过，幸福过，又会在一个季节萧瑟、落下，无法挽回……

二月李花在唱歌

我相信，我确实是听到了花开的声音，那是一种天籁的声音唱出来的歌。

在这样一个早春二月，在浙江温州乐清的清江镇上，在一个叫江沿的村庄。身前身后都是花开的声音，我情不自禁因为那种难以言说的美丽而泪流满面。我第一次知道了，人们流泪，除了可以因为伤心、感动、幸福以外，还可以是因为美丽。其实，美丽是最能打动人心的东西！

江沿村傍着柔情的清江，绵延着一座座青山，满山满坡种植着李树。二月春风一吹，李树的枝枝蔓蔓上缀满了白云一样的李花。想起了盛唐边塞诗人岑参在《白雪歌送武判官归京》中一句形容雪的句子："忽如一夜春风来，千树万树梨花开。"而江沿村的李花就是一夜春风便催醒了的花魂，凝聚成一片惊心动魄的花海和冰清玉洁的雪山。

李花们就那样，一树一树地盛开着。一瓣瓣，一朵朵，一簇簇，一团团，洁白轻盈。尽管没有来来往往的赏花人，也没有什么人来写生、摄影，描绘她们超凡脱俗的美丽，但她们一样在该开花的季节就开成美丽的花朵。也许，那份"寂寞开无主"的清愁是诗人强加于她们的吧？

她们默默地开着，认真地开着，开得尽情尽兴，开得轰轰烈烈，开得专心致志，开花的时光，枝头上甚至没有一片绿叶，花就那样地开在枝干上，没有更多夺目的色彩，也没有特别诱人的姿态，就那样清清白白、柔美轻灵、清雅高洁、纯粹且饱满。生命中注定了只有十来天的花期，让她们鼓足了劲别无选择地这般热烈丰盛地怒放出来。

李花就是这样，开的时候执着，谢的时光坚决，该开几天便是几天，多一日也不愿意。也许是因为面临着结果生子的重任，她们有些疲惫，枝头的绿叶点点绽开，细雨轻风低吟，满山的花瓣便蓦地飞舞起来，云淡风轻地落下来，落在人身上、溪水间、地上，清香四溢。

花开是一种歌唱，花落是一种舞蹈。

我终于明白了，摄影家叶君奋老师为什么如此急迫地要在这个季节带我来江沿看李花，也理解了她在去年的这个时候，不顾摔坏了的腿伤，请人扛着摄影设备，让人背着她上山去拍摄花开花落。美丽实在是瞬间即逝，她不愿意错过每一个季节。

"在灯红酒绿间停留得太多，在喧嚣繁杂中逗留得太久，我们有些焦虑、烦躁、疲惫，于是，我们走进这个寂静的小村庄，漫步于田园、江边、山岗，看看树、看看花，听鸟歌唱……"有幸于近水楼台的叶老师，一定是被这些美丽的李花熏染成了诗人。

花落之后就该结果了。清江镇的农艺师林贤富告诉我，这种果实叫牛心李，是江沿的特产，曾获得全国第一届农副产品铜牌奖。近年来，政府加强农技投入、科技下乡，李树不断得到嫁接、改良，李子的质量和产量都在与时俱进，因此，年年岁岁都是农民的笑靥和朵朵李花一样开在春风里。

我终于明白了，江沿的李花为什么开得如此美丽、多情。

三月，桃花颤动

三月的风轻轻掠过桃树梢头，粉红色的花瓣温情颤动，如小鸟的翅膀，撩开了天空的寂寥；细雨斜斜飘洒，穿透桃蕊，有晶莹剔透的桃花泪跌落，惊醒了被寒冬尘封的思绪。空气和阳光变得轻盈、灵动，行走于桃花之上，春天的气息浓郁、凝结，氤氲着一个季节，沉醉了一方水土，染艳了一个名字——长兴县和平镇城山沟桃源山庄，那 4000 多亩桃园早已烂漫成一片"可爱深红间浅红"了。

桃林一片接着一片，仿佛没有尽头，桃花一朵连着一朵，一片片、一簇簇，一直开到桃林深处，开到天尽头。桃花点燃了土地的渴望，江南的梦灿然如花。

在三月最后的一缕春风里，在黄昏的那一抹夕阳中，在古朴的城山沟桃源山庄，我听到了桃花开到最后时刻那种悸动人心的旋律。仿佛是在谢幕前的最后一支曲子，桃花朵朵，鼓足了所有的勇气和力量，于和平镇城山沟的碧水蓝天之间，以"桃之夭夭，灼灼其华"冲向云霄，在天幕上写满春天的音符，花魂，如来自天际的天籁之音，摄人魂魄。

这些桃花只是开在一个僻静的小山村，花瓣没有西子湖畔的观赏花那样层层叠叠的繁华，也没有艳丽斑斓的色彩，但她们更单纯专一，不炫耀、不喧哗，像朴实的乡村妹子，她们一心一意，只是专心致志地恪守季节，春华秋实，开花结果。

一样的小桥流水，一样的花前月下，然而，这里的桃花演绎的却不只是一个凄婉动人的爱情故事。她们只是简简单单地在该开花的时光努力地开花，在该谢落的时刻及时地谢落。开花时清清亮亮，落花时也轻灵飘逸，不叹息、不凝重、不哀怨，更没有忧伤落泪、顾影自怜。

当我走进桃园的时光，绿绿的叶子已一点点爬上了枝头，短暂的花季到了最后的时刻，桃花凝聚了全部的生命力量开始孕育一枚枚果子。落花如雪，簌簌飘落，拂过我们的面颊、肩头，爱怜地抚摸每一根桃枝的枝梢，宛如母亲温软的双手。

我伸出手，接住一瓣落花，桃花瓣温存地栖于掌心，有一个季节停留在我的手心，弥漫着最初的清香。我悉心聆听桃蕊心跳的律动，没有红颜薄命的哀愁，只有母亲一样的阵痛，无怨无悔地传承、轮回。

如果你也曾经在这样一个季节走进过这一片桃园，曾经看见过如此义无反顾的花开花落，你的灵魂深处的某一角落，不可能不刻上一种记忆、一种声音、一段心事、一则传说。

翠竹青青、柳笛葱葱、流水潺潺、桃花瓣瓣。

回头望去，桃花犹如一个美丽的梦，梦境悠远，桃林葱郁……

正是樱花烂漫时

这个时候，樱花正烂漫。粉白或粉红，一枝一簇，在江南的粉墙黛瓦旁，在小城的盈盈一水间。在杭州、在宁波、在嵊州、在四明山、在西塘古镇，在浙江的城市或者乡村，甚至是我们居住的小区或是每天走过的那一条小路旁，处处都有樱花盛开。那云蒸霞蔚的婀娜、漫天飞舞的烂漫、落英缤纷的芳华，让我们置身于花团锦簇之中，赏樱花正当时，何必一定要去日本，我们的家乡就是赏花的好地方啊！

清清浅浅的樱花，不浓艳，也不丰腴，若清新含蓄的东方少女，于寂寥的雨巷深处低吟浅唱着南宋诗人赵师秀的《采桑子》："梅花谢后樱花绽，浅浅匀红。试手天工。百卉千葩一信通。馀寒未许开舒妥，怨雨愁风。结子筠笼。万颗匀圆讶许同。"

三四月间，正是樱花盛开的时节，花开花落浪漫而凄婉，虽然只是短短的一瞬间，但她绽放时开得灿烂、纯洁、高尚，似锦繁花相竞吐芳，楚楚动人的红红白白，红如胭脂白如雪霜；凋落时，义无反顾，不污不染，很干脆利落，落红缤纷投入大地的怀抱，以"落花不是无情物，化作春泥更护花"的心态，静候下一个花季。

阳光明媚或者细雨霏霏都是赏樱花的好时光。只需带着一颗闲适的心，静静地待在樱花树下，悉心凝望那一树又一树淡红的花晕，纤弱的花蕊，如满天的云锦，若盛装的新嫁娘；一剪轻风或是一阵细雨，悄悄走过树梢，樱花的花瓣纷纷扬扬地飘飞，如雨如雪，又如踩着春天的节拍在舞台上跳芭蕾的脚尖，一瓣，一瓣，又一瓣，轻轻地柔柔地撒落在赏花人头上、肩上、心坎上……

确实，和别的花不同的是，樱花的落英是一种绝美的意境，有许多人和我一样，更喜欢她花落时的别样风情。尽情地绽放之后，樱花们心平气和地飘落，树间的草地上缀满了花瓣，如一个凄婉的爱情故事无果而终之后，给人以无尽的惆怅、不舍和牵念。

不管人们是喜欢花满枝丫的繁华，还是留恋花瓣离开花朵时的暗香残留，樱花一如既往地兀自保持着那份恬淡、那份静谧、那份淡泊、那份悠然。

闲看落花静听雨，樱花的花开花谢仿若人生的潮起潮落，让我想起坊间盛传的段子：人生如赛场，上半场按学历、权力、职位、业绩、薪金比上升；下半场以血压、血脂、血糖、尿酸、胆固醇比下降。上半场顺势而为，听命；下半场事在人为，认命！愿大家上下兼顾，两场都要赢。没病也要体检，不渴也要喝水，再烦也要想通，有理也要让人，有权也要低调，不疲劳也要休息，不富也要知足，再忙也要锻炼……

正是人间四月天，正是樱花烂漫时，让我们带着平和、淡定的心态，看樱花去！

方岩祈福

如果你的心中有一些难以实现、又难以放下的愿望想要寄托，浙江永康的方岩一定是一个最好的寄存器。

那座寄存着太多的美丽愿望的山上，传说中有非常灵验的神在主持着我们的命运。于是，善男信女以及心中有事的人成群结队，不怕路远山高，不辞辛劳，络绎不绝地攀登拜访。

一个阴雨寒冷的初春之日，我有幸随杭州市作协采风团走进了这块灵秀之地，看着人们把心愿揉进红烛，把希望点燃在香火上，把绝望念入经文，焚烧。一炷炷香烛、一声声念诵，传递着人们的心思，随着青烟升天，祈求无所不能的神灵，让美好的愿望如凤凰在火中涅槃。

香烟袅袅，日夜不断的香火缭绕着山峰，山体都是暖和的，没有冬季。我看到那里的花早早就开了，我宁愿相信，那一定是美好的愿望开出的花朵。

山道弯弯，山路崎岖坎坷，加上下雨的天气，石阶很滑，我们一行大多是终日坐在写字楼里的人，甚至在都市的柏油马路上行走的时光也并不多，有人滑倒摔跤，但没有人抱怨叫苦，都感觉这样的攀登和行走很甘心情愿。我想，心中有信念支撑着的人是不会怕路途艰苦的。

于是，由衷地喜欢方岩了，因为这是一个让人产生美好欲念的地方。当然，我不能不为之心动，当然，我也是一个有愿望的凡人，我也许下了心愿——让向善向美向好，成为一种真正的追求目标，把与人为善、助人为乐当作真正的处世信仰，这样的心愿一定是灵验的。尽管不乏临时抱佛脚的人，但也是一种美好的起因和善本的开始。

人们争相跪拜求签，求得了下签的人焦虑地求佛开示，希望可以逢凶化吉；求得上签的人则眉开眼笑，读着签语——那些把故事中最美丽的情节提炼出来组成的美丽的句子，一副心满意足的神情，谁都愿意相信美好的祝愿。

我没有去求签，不是我不相信，我是太相信了，我相信那些美丽的结局都藏在自己的每一天所作所为之中，那些美丽的种子，都需要我们用春天一样的心情去浇灌，才会开出美丽的花朵。

我们中，有谁不是正在修行的人？

我相信因果！

八都岕的金色年华

开心的锣鼓又一次敲响，火红的狮子再一次舞动，这样的时光，每一天都是好日子呵！每到了秋天，长兴县小浦镇八都岕十里古银杏长廊完全沉浸在一片金色的天地里。仿佛是化蝶后的梁祝把爱情定格成为银杏的叶子，一只只金色的蝴蝶就那样定居在一树又一树古银杏的枝头，这一住就是千万年，把爱情的传说做成两情久长的活标本，天长地久。

红红的花轿抬了过来，岕里人习惯于把结婚的庆典放在这个流金的时节。这时，收获之后的银杏树上，片片银杏叶子像毛阿敏的友情蝴蝶，也像庞龙的两只蝴蝶，其实就是所有的有情有义的蝴蝶呵，这些吉祥美丽的蝴蝶聚集在这十里长廊，把十里长廊铺张成一个痴情女子的嫁妆，十里的金色红妆呵，如火如荼的热情淋漓尽致地为爱尽情痴狂。

八都岕因汉光武帝刘秀为太子时，曾经躲过追兵而得名。那里的村民们是天生有福的人，因为十里古银杏长廊是长兴县三大古生态奇观之一，被誉为"世界银杏的故乡"。3 万余株原生银杏树遍布 12.5 公里长的风景线，构成了罕见的生态奇观。岕里的青山排闼，大涧中流，古银杏、竹林、青梅树、有机茶树等珍稀物种配置丰富。对于这些既丰富了村民的文化生活，更致富了一方百姓的银杏树，圩里的村民们充满了感恩之心，他们把几株立于庙堂或村头的银杏当作"圣树""风水树"。

每年银杏秋收之后，秋风阵阵吹过，银杏叶子一片金黄色，整个八都圩就是一片金天金地金世界。村民们开始举行祭树王、探访百岁老人、登高比赛、狮舞表演、小京班戏剧表演、烘炒白果和吊瓜子，以及品尝白果宴等多种多样的民俗和美食活动，仿佛每一个日子都是盛大的节日。而络绎不绝的游客，更是为这一幅金色的银杏长廊画卷增添了绚烂的色彩。

长兴县委县政府更是利用八都圩得天独厚的历史文化、自然景观、人文景观三大资源，将乡土文化与休闲旅游紧密结合，通过开展银杏文化旅游节、民俗体验等多种形式的活动，赋予了乡村旅游弘扬乡村文化、构建和谐社会、建设新农村的新内涵，使小浦镇乡村旅游呈现出蓬勃发展的喜人态势。越来越多的游客走进了银杏沟，尽情感受古银杏文化的独特魅力，共享丰富多彩的节日大餐，八都圩的农家乐也应运而生。

在听过朋友们的许多赞叹后，我也情不自禁地在一个秋日的阳光里走进了八都圩的古银杏长廊中，心情一下子有一种说不清的舒畅。这个时光，高大的银杏树上，扇形的银杏叶开始泛黄，虽然还不是深秋那种金黄色时的壮观景色，但那些还没有被收起的银杏果圆嘟嘟地挂满了枝头，圆的似梅核，尖的似佛手。泛黄的果子像熟透的葡萄一样一串串在枝头压得许多枝头都无法承受，所以村民们用一些竹子支撑着树枝。

累累硕果，煞是喜人。总会有人忍不住伸出手去攀摘，导游早就有话在先，千万别去碰它们，即使是落在树下地上的果子，因为果子外层的皮有一种强腐蚀性的物质，每一双随便触摸它们的手都会受到惩罚。我很欣赏银杏的这种自卫品质，并希望世界上所有的果实都能够这样，让随便乱摘它们的手指烂掉。

据说，银杏果也很奇特，它含有许多有益人体的功效——增强免疫功能、抑制癌细胞生长、抗衰老等，但因有微毒，不能一次性多食。这又警示人们再好的东西都不要贪得无厌，凡事适可而止。

这些活了千百年的古树，每一株都值得人们驻足细细观赏；那些挺秀柔美的树叶，每一片都是值得收藏的天然工艺品；收获去皮后的银杏果，每一枚都像珠宝。还有村庄与村庄间蜿蜒、平坦的水泥路，散落其间的农家乐，农家小院里绿绿的棚架下，挂着红红的吊瓜，清新的空气，在家门口的银杏树下守着银杏果等农家特产的村民，甚至于每一个游客都染上了那份悠闲自在，淡定从容得就像在这方水土上安居了千百年的银杏树。

魂牵梦萦的八都岕十里古银杏长廊，去过一次之后一直就没有放下，像深深爱上的那个人，思念，刻骨铭心。

四季下渚湖

　　一个寒冷无比的清晨，朋友蔡仪开着那辆载满了温馨的白色轿车带我们奔向下渚湖。40 分钟在这样的车里，感觉只是一瞬间。还有车窗外边旖旎的田园风光，让人感觉亲切。靠近德清县武康镇的那一段路上，一片片水田里养殖着珍珠，一路小桥流水人家的江南风情。

　　这是在听说过太多次的下渚湖后，产生的一种渴望亲近。而有了蔡仪这位温情女友做伴，梦想常常能够神奇地变成现实。

　　穿过碎石满地的停车场，来到一个小小的码头。当地的旅游服务中心办公室主任周江鸿早早就等候在凛冽的寒风里。我们上船下水，开始了与下渚湖的初次亲密接触。

　　游船的引擎声荡开层层波浪，一片开阔的水域呈现在眼前。景区的外围，农家倚水而居，湖面上频频可见各式渔网围起的小鱼塘和一艘艘小渔船。和城里马路上那种车水马龙的喧嚣不一样，下渚湖的居民们以船代步，船就像陆地人的自行车。

　　穿过一排半人高的竹篱，我们进入了湿地的主湖区。和外围相比，这里别有一番天地，湖面或开阔如漾，水天一色；或狭窄如港，汊道曲折，遍布湖荡的岛屿沙渚土墩形态各异，约 600 多个，湖中有墩、墩中有湖，港中有汊、汊中套港，水网交错，宛如一座巨大的水上迷宫。大小土墩长年生长着翠竹和芦苇，枝叶扶疏，树影婆娑，湖中鱼虾跃，湖面野禽飞，渔栅连绵，白鹭点点。

之前岸边那些砖砌泥糊的小楼不再，目之所及，唯有蓝天、碧水、湖墩而已。虽说正逢冬天，水道边的芦苇都已枯干，举目四望，只是暗淡的灰黄，然而，萧瑟之外，却也有一份生命凋零之后的苍凉之美。

又一道竹篱，背后便是下渚湖极负盛名的芦苇荡，成片的芦苇点缀其间，水道异常狭窄。想象秋天芦花怒放时在此穿行，或许可以感叹，此景只应梦中有，人间难得几回赏。顾盼间，远处有一只野鸭掠过水面，随行的导游解释说，因为是冬季，候鸟都已迁徙，故而只能见到零星的野鸭。

绕过几丛芦苇，船停靠在湖心一片亭亭的竹榭边。离船踏上竹子铺就的通道，感觉脚下的竹排很有弹性，咯吱作响，像模特在走秀。竹榭之内，早有热情的姐儿端来热腾腾的烘豆茶，几丝陈皮、几颗烘青豆、几粒野芝麻，在青花碗中透着隐隐的香。这样的时光，喝茶就真的变成了吃茶。正是这碗烘豆茶，见证了当年防风氏治水的伟业，和防风氏的故事一起一直流传下来，绵延不绝，渗到了古国子孙的心里……

有些地方，到过，便能让心释然，只用记忆做成菲林，偶尔重播此情此景；而下渚湖却是一个会牵住人魂魄的地方。从水中刚回到岸边，就会不甘心地想，等到下一个季节，一定要再次造访该地，看一看被人传颂着的如画四季，到底各有什么样的风情。而蔡仪就是一个善解人意的女子，她说出的全都是我的心思：等春暖花开时，我们再来一次？

于是，企盼的心就开始等待春风的时光，我开始关注下渚湖四季各不相同的风光——

春暖花开自然是一年中不可辜负的美好时光，无论是春光明媚还是春雨润物细无声，阵阵春风在吹得游人醉的时候，也把下渚湖染得鸟语花香。颇具野趣的湿地自然植被郁郁葱葱，野生鸟禽繁衍生息，与特色湿地生态共同展现出"细雨鱼儿出，微风燕子斜"的和谐诗意。春末夏初时节，金银花盛开，其花开时初为白色，后会慢慢变黄，故称为"金银花"，干花有清热、润肺的功效；芦根也可入药。而遍地的野蔷薇绽放着纯朴无邪的笑脸，欣喜地做着春天这个美丽新嫁娘的伴娘。这样的时光，谁又肯错过？

夏日炎炎的时候，湖面上总会有凉爽的风迎面吹过，让人神清气爽，这里是当然的避暑好地方。水草长出水面，开着白色的小花，长长的绿叶成针状簇拥在一起，如一面面送来清风的扇子。绿荷穿上水淋淋的翠裳，浮在半空的白云之下，有芙蓉出水，或慵懒而眠，或亭亭玉立。你就不想荡漾在湖间做一枝不胜凉风的水莲花，或是做一位江南的采莲人？

天高云淡，水晶一样透明清澈的秋风悄无声息地送来桂花的幽香。连天的碧水极富韵律地微微舞动，湖岸边两座葱郁的小山，山顶的乌桕树被秋日的阳光染成秋意浓浓的红色，大雁声声划过一抹闲云。于是芦花变白了，迎风摇曳的芦苇飘逸而柔韧，几乎把下面的水巷都隐没了。芦苇丛里，河道极窄，伸手可触及岸边湿得发黛的树根。水道如巷，一个弯连着一个弯，一个汊套着一个汊。似乎没有尽头，芦苇深处总延伸着那么一道闪亮的水色。勤劳的防风人在上面种着莲藕或菱角，秋收的时候，假如你从水中捞起一棵菱秧，下面就会垂下一串串弯弯的菱角……

冬天最看好的时光当属下雪的日子，霜林冰岸，瑞雪飘飘，湖面上下，银装素裹，湖幽神怡。雪后初晴的时光，阳光落在最后的那几株芦花上，让人觉得意外地亲切，芦花总是这样温暖的，毛茸茸的，好像冬日的阳光都保留在芦花上面了。

这样的四季，你觉得有哪一季是可以错过的么？

花岙岛：石头像花儿开放

也许，有许多人和我一样，想去花岙岛的愿望多半是被那"花"字挑动起来的。我特意选择了开花的季节去那儿，就是想着在岛上去寻找开花的地方，看看山花烂漫的样子。但是花岙岛上，除了丰富的植被，葱葱郁郁的林木外，我看到的更多的是石头——满山的石林，满岛屿的石浪带，满海滩的鹅卵石群……而就在这些石头丛中，我看到了花开，那是石头开出的花。

花岙岛上有山峰，突兀而起的岩石四面壁削，高 275 米，状如鼻，因此又叫大鼻头（或大佛头）山。走上山坡，看到了海就看到了一丛丛布列海岸线的石林，大小、长短错落，却又排列有序，粗者数人合抱，小者似大户人家的方形廊柱、牛腿。硕大巍峨的石林有五六层楼那么高，密密匝匝相互簇拥着，像复瓣的巨型水莲花，盛开在海水中央；还有些矮小圆端的方柱，柱顶部被海水侵蚀成不规则的蜂窝状，酷如一树树的珊瑚。

由于正方的石柱粗细、长短、色彩、趋向和所处的位置各有有不同，构成一幅幅风韵各异、极具个性的多姿景观。有相依相牵，顺坡层层向上，构成阶梯式的山坡；有如冲天之柱，彰显独领风骚之气；有相偎相贴，如兄弟姐妹共同搏风击浪，涉水而居；更有贴着临海山崖直扑海面，却在离海丈余处突然收住，酷似一挂巨大的石瀑。那种形状、那种姿态，真的是鬼斧神工所不能及。

最喜欢石林南北两侧那两个好看的卵石滩——"天作塘"和"清水岙"。天作塘是一道在海浪作用下，自然堆积而成的塘岸，卵石大如斗小如拳；清水岙硬石滩多五色玲珑卵石，耀眼夺目。

那大片大片的鹅卵石，圆滑光溜，摸上去细腻、柔和，感觉十分温情。以前喜欢用"柔情似水"这个词，但这个地方的石头绝对比水更加柔情！是的，当滴水穿石的时候，当海水一遍又一遍地抚摸着、亲吻着石头的时候，当水执着地坚持了几千年几万年几亿年之后，石头失去了棱角，变得玉润珠圆、玲珑精巧，甚至可以让水从石头坚硬的身体里通过。这样的时光，确实分不清是水更坚韧还是石头更温柔。

那里的石头，无论是大的还是小的，每一枚都精致得想收藏起来，无奈石头虽然好看，但分量实在太重，只好反复吟诵："弱水三千只取一瓢饮"，只是想从中挑一枚最最心仪的石头带走，我捡了一枚，看见地上还有更好看的，于是放下了，又去拾另外一枚，如此挑挑拣拣的好半天，总算选择了一枚，如得宝玉一般珍藏于怀中。反复地把玩着，感慨着：这个地方又何止是"精美的石头会唱歌"呢？甚至于每一块石头都是《红楼梦》里那块有灵性的宝石，每一块石头一定有一个神奇的传说、美丽的故事。

听当地人介绍，这个地方的鹅卵石本来还要众多、还要壮观，因为来来去去的人看着喜欢顺手就带走一块两块的，石头就越来越少了。听得我有点面红耳赤，原来，这石头也和花、草、树一样，也是一种生态环境，我的窃石行为就像折了树枝、掐了花朵、拗了草茎，也是"破坏绿化"的一种。我渐渐明白了：为什么我在兴致勃勃地捡石头时，同去的冰舞在那儿呢呢喃喃了许多遍：得多少亿万年的海水冲刷、风化才能让石头变成现在这个样子！原来，他是舍不得家乡的美丽财宝就这样被人不经意地一点点拿走，哪怕这个人是他请来的朋友。

由于酷爱石头、久久沉醉于石头之间而错过了更多的古迹：抗清名将张苍水当年屯兵的南、北营地，营寨的城墙残垣、藏兵洞和营房遗址、练兵场，还有海滩上的千年古樟根、古砖瓦、古陶瓷碎片，留下一个又一个的谜，等待着后人的剖解。

正是因为有了这些错过，让我又有了下一次再去的心情，我想，我再去的时光不仅仅要去看那些没来得及看的景点，当然还会再去看那些让人惊诧的石头们，并且把自己捡来的石头带回去完璧归赵，因为那里的每一块小石头都是石头开花时的一朵花瓣……

青岛：挥着翅膀的浪漫之都

　　至今为止，还没有一座城市能像青岛那样，让我乐不思蜀；穿梭于蓝天、碧水、白帆、绿树、红瓦、粉墙之间，我是那样地心安、笃定，仿佛回到了我三生三世的梦想家园。

　　如果说，去青岛，我只是为了参加一个全国媒体的活动，那么，7天之后，当我踏上回家的列车时，看着站台上送别的亲人们，随着转动的车轮奔跑的脚步和挥动的双臂，依依惜别的真情和缠绵，这个对于我来说曾经陌生的城市，竟然让我生出那种"离别也是一种万不得已"的情愫。在那样的时光，情不自禁悄悄滑落的泪水，绝对不是脆弱和矫情。我知道，青岛已经不再是我短暂客居的异乡，她已经作为家的模式，刻录在我生命的光盘里了……

城之美

　　一方湛蓝的绸缎上，镶嵌着一颗碧绿的宝石。这颗宝石就是我在飞机上看到的大海中的青岛。

　　青岛是一个色彩艳丽的海滨城市，也是一个灵秀绮丽的山城，更是一个有着无数神奇传说的历史名城。山、海、城的完美融合，让青岛成为当之无愧的中国最具魅力的城市。

　　青岛老城区在 100 多年前是一个小渔村，1897 年被德军侵占并进行了早期的开发，因此，至今仍具有浓郁的欧陆风情。一座座具德国近代风格的花园别墅依山坡面大海而建，以欧式单体建筑为主，红瓦黄墙，在芳草绿树丛中，形成了独特的城市建筑景观。康有为先生将其概括为"红瓦绿树、碧海蓝天"。

　　老城中的这些欧式建筑，像一部欧洲建筑的史书，书中尘封着许多掌故。迎宾馆内建造历时六载的提督楼，是当时德国驻青岛海军总督的官邸，是按照欧洲皇宫的样式设计的。其中的橡木地板、壁炉、吊灯、家具等，每一个细节都极尽奢华和讲究，让人赞叹不已。据说，这位总督因为挪用军饷、奢侈造楼而受到德国议会的弹劾。

　　而胶澳法院旧址、天主教堂、基督教堂等极具观赏价值的建筑艺术杰作，则是典型的德国古堡式建筑，坚固的花岗岩墙基，显现出宗教建筑的凝重、厚实和粗犷。这些保存完好的建筑被称为"世界建筑的标本"。有趣的是，有些建筑形式在德国本土反倒找不到踪迹了。

　　八大关别墅区集中了 19 世纪末至 20 世纪上半叶 20 多个国家不同风格的建筑，还有每一条街道上不同种类的大树，有松树、枫树、银杏、悬玲木等等。可以想见，等到秋深时节，枫叶红了，银杏金黄，冬青一如既往地翠绿，那份斑斓，一定让人惊喜！光是这些树，就足以让人体会这个城市的多姿多彩，且变幻无数。春来花香流溢，秋去落叶铺地。春秋冬夏，四时各有独特的风光。于是，就很想在每一个不同的季节，都到这个地方来细细地观赏、品味。

　　徜徉于幽深、雅致而有情调的树荫下，眺望宁静美丽的庭院深深，猜测着生活在其中是什么样的幸福人儿，宛若读一部诗意、抒情、浪漫、唯美的小说，其中的情节让人觉得亲切、向往而又陌生。那种亲切、似曾相识的感觉，是因为这个地方曾经是

60 多部影视剧的外景拍摄地；而那种陌生、遥远的恍惚，是因为不相信自己真的走进了影视剧那些美丽的境地中。

迎面走来成双成对的帅哥美眉，他们身着礼服婚纱，在八大关和海滨步行道间，拍摄婚纱照，留下一生一世欧洲蜜月之旅般的回味。这样的情景，让人怦然心动，很想像他们那样，再年轻一回，再浪漫一次。

这个城市的最美之处，还在于她的勃勃生机与无限活力，因为她不仅是一座百年的沧桑之城，更是一座青春之城。她在翻过了昨天那一页、掀开崭新的一页后，不断地创造着新的奇迹。拥有现代化气概的新城区和老市区相映生辉，共同交织成瑰丽多姿的城市画卷。横贯东西的旅游观光大道东海路、香港路和澳门路，中华文明雕塑园、五四广场、音乐广场等，构筑成一幅现代都市时尚景观。海尔、海信、青啤、双星、澳柯玛等一批重量级的知名企业，在全国现有的 57 个名牌中占了 8 个位置。这种日新月异的发展和腾飞，让人不能不相信，这座城市不仅有激情和梦想，更有一股飞达国际化城市的力度！

这座挥着翅膀的城市，自然是绚丽、多姿、多彩的，自然是让人读了千遍万遍也不会厌倦的。

海之魅

"昨晚我失眠了，我只好起来到海边去散了一会儿步，回来后，竟一夜睡到天亮，好香！原来，海滨散步是治疗失眠的良药。"来自北京一家画报的一位女记者是这样描述她心中的青岛海滨的。

我觉得这样的叙说一点都不夸张，我也是在海边那条长长的木栈道漫步后，夜夜都梦见那片美丽的海。在第一次看见那湛蓝、湛蓝的海水时，我掩饰不住自己的惊讶和迷惑："这真的是海吗?"

生长在东海之滨的我,应该是看见过大海的,但在我的记忆里,海水是混浊、苦涩的,和我小时候读过的课本里"金色的太阳升起在蓝色的海洋上,洁白的浪花里漂着白色的帆"的景象完全不同,我一直以为真正的海就是那种粗暴、复杂、沧桑如远航归来的土黄色的船帆,千疮百孔得根本就看不清原本的白色,当然,那也是一种美,一种悲壮的美。

而我在青岛看到的海和课本里描写的一样,蓝是蓝、白是白,清清纯纯的颜色像童话。金黄色细软的沙滩边,充满海情、海韵和浪漫色彩的海水浴场;蔚蓝的海水清澈得能看见鱼翔浅底;轻风叩着暗红色的礁石,如吟唱着一首呢呢喃喃的歌。原来,风平浪静的时光,大海也可以温柔得像湖泊、清纯得如溪流,我想,柔情似水的水,一定也包括这里的海水,我甚至以为,如此清澈的海水不可能是咸的,一定甘洌如山泉。

正是因为这迷人的海,让百年奥运选择了青岛,使青岛作为奥运会帆船比赛举办城市,将与北京一同成为 2008 年的焦点。在那个天蓝蓝、海蓝蓝的晴朗夏日里,我们走进了奥帆赛基地浮山湾畔,在面积约 45 公顷的海湾陆地上,已经建成和正在紧锣密鼓建设中的国家帆船运动培训基地、奥运村、运动员中心、赛船停泊区、新闻中心、国际豪华游轮码头、国际会议中心、五星级国际旅游度假酒店、国际游艇俱乐部、海滨商业旅游休闲中心和公园、广场等现代化公共设施,让人不能不相信,把青岛打造成"帆船之都"不仅仅是一句口号。

青岛港则是这片海的另一个骄傲,这个具有 113 年历史的国家特大型港口,由青岛老港区、黄岛油港区、前湾新港区三大港区组成。拥有了全国最大的集装箱码头、原油码头、铁矿码头和国际一流的煤炭码头、散粮接卸码头,大陆港口规模最大的 EDI 信息中心,全国港口唯一的国家级技术中心和唯一的博士后科研工作站。世界上有多大的船舶，青岛港就有多大的码头。

2004 年 1 月 9 日，青岛港与世界第二大航运公司英国铁行集团、中国最大的航运公司中远集团、世界第一大航运公司丹麦马士基集团三国四方组成的青岛前湾集装箱码头有限责任公司隆重开业，揭开了集装箱事业大发展的崭新一页。中央省市各大媒体先后三次大规模聚焦青岛港，它是这片大海中一道不可或缺的风景。

乘坐奢华、惬意的"港燕号"在海上看青岛，蔚蓝的天空、蔚蓝的海水，不知道是海水映蓝了天空还是天空染蓝了海水，在海天一色的怡人景色中，感觉到了在水一方的青岛有一种异样的风情。面对大海，你可以什么也想什么也不想地静静休闲，身心的疲惫和劳顿于是就在不知不觉中烟消云散，这就是大海的无限包容和魅力。

山之秀

除了迷人的大海，崂山也是让青岛秀丽的强大理由。在中国 18000 公里的海岸线上，海拔 1133 米的崂山是最高的山峰了。因其拔海而起、山海相连而有"海上名山第一"之美誉。

崂山的山势雄伟，群峰嵯峨，怪石嶙峋，重峦叠嶂，飞瀑泻玉，深涧幽谷，泉水喷涌。其中，北九水的名称据说是因为山下的农民上山砍柴怕返回时找不到回家的路，就巧妙地沿着溪水的弯道做了 9 个标记而产生的。这条溪水全长 11 公里，分外九水和内九水两段。

这一路走来，山秀峡奇，花木芬芳，绿竹成林，更有清泉叮叮咚咚地鸣唱，如诉如泣、娓娓动听。那潺潺流动的山溪清亮纯净得像一剪透明的轻风，而一泓泓宁静的清潭则让我总是想起白居易的诗句"春来江水绿如蓝"，虽然白居易说的"绿如蓝"只是指江南，而这里的秀水却是一样的温婉和多情，散发着幽幽的魅力。

这样的水对于同样是水做的女人而言，一定是致命撩人的诱惑，我忍不住撩起一捧清泉洗了洗脸，果然有"水滑洗凝脂"的美妙感受。于是，对手中的那瓶"崂山矿泉水"更增添了几分好感，相信喝了这样的水，也一定是养颜的，因为一方水土养一方人啊。

崂山山脉系燕山期花岗岩地貌，经千万年的风化和雨水的扑打冲刷，形成"群峰削蜡几千仞，乱石穿空一万株"的奇景。乘着缆车上山，沿途可见突兀的山脊和奇峰异石，山石造型奇特、千姿百态，是"天然雕塑公园"。同时，山上的花岗岩坚硬美丽，北京天安门广场的人民英雄纪念碑的碑体，就是由此山上的一块完整的花岗岩做成的。这座历史悠久、古迹荟萃的山，也是中国道教的重要传播地，有"道教全真天下第二丛林"之称。

明媚秀丽的风光，清澈怡人的山涧，峰回路转的奇妙意境，无疑是让人们不断向巅峰攀登的一种牵引。

人之亲

一个城市的美丽与否，和这个城市的人有着直接的关联，因为，人是一个城市的灵魂，也是城市的性格。

而第 15 届青岛国际啤酒节更是把青岛人的热情好客表现得淋漓尽致。走进啤酒城，穿梭于国内外知名啤酒品牌之间，随处都可以看到不同肤色的国内外友人，亦歌亦舞亦饮，展示种种异域风情。那种洋溢的热情绝对可以感染到每一个人，我们一下子都成为狂欢的人群中的一分子。那里没有不会喝酒的人，只有没有感觉的人。甚至，我们中那位一直坚定不移地滴酒不沾的首席摄影师（因为一滴酒就会灼痛他脆弱的胃），那一天从啤酒城里出来的时光，我看见他的怀里也抱着两个喝空了的大大的啤酒桶，也许是不能喝酒就闻闻酒香过把瘾吧。

如果说，这些热情都有点刻意安排的味道，那么，我在随意走过的那些大街小巷里所看到的原生态中的市民则更加真实、朴素，更加坦诚、具有亲和力。在那些刻着时代印记的老城区里，我常常看到一些光着膀子在家门口乘凉的男人，泡一壶酽茶坐在竹椅子上读报的老人，趴在地下对弈的人和一群围观的人，牵着狗提着鸟笼遛狗遛鸟的男人和女人，还有海边的垂钓者和写生、画像的人，他们一个个都是那样地气定神闲、怡然自得，很少有心浮气躁的吵架打骂声。走在这样的人群中，我感觉踏实、放松和安全。

街上很少看到有人山人海的场面，几乎没有看到过骑自行车的人。当地人告诉我，那里全是坡度很大的路不适合自行车。确实，我每回在过斑马线时，都会看到两边的汽车像乘滑梯一般从高高的坡上滑下来，但只要一亮起红灯，车辆一律规范自觉地停下来。极少看见在现场指挥的交警。在这样的大街上走路，绝对可以从容不迫，只要遵守交通规则就行。

我是个弄不清东西南北的人，走在路上常常找不到北，于是，问路是我必不可少的程序。在这个城市，我没有碰到过一个说不知道或者是不耐烦的人，只要是当地人，不管是行色匆匆还是忙碌着的人，都会耐心地停下脚步、放下手头的活计，很仔细地替我指点方向，并详细告诉我每一个转角的方向以及大致的路程。

因此，在这个城市，我从来不用担心自己会迷失。

在恩施感受斑斓的土家文化

　　镜头里，烟雨缥缈的恩施州像风像云又像雾，就像我在参加中国画报协会年会暨"灵秀湖北——全国百名摄影家走进武陵山"活动之前对这片神奇土地的认识：朦胧、神秘而充满着诱惑。

　　在恩施的那些日子里，走在雨雾深处，常常感觉到自己身在绚丽多彩的梦里，在轻盈飘摇的雾霭中，在似幻似真的仙境间。镜头掠过土司城、大峡谷、利川腾龙洞、咸丰黄金洞、坪坝营、建始清江画廊等处，风景在岚岫中若隐若现，神秘莫测，宛如海市蜃楼。独具风情的土家族文化，原汁原味的农民艺术团的表演，浓郁的民族文化、魅力四射的风土人情，是那样地具有震撼力和感染力，那些古老而美丽的人文和自然风光，永远地定格在心中。

有一种美丽叫西兰卡普

　　我一直喜欢民族服饰，所以到了恩施自然会睁大眼睛去寻找美丽的绣品。于是，发现了西兰卡普——一种土家织锦。西兰卡普多以丝、棉、麻为原料，一般以红、蓝、青三种颜色为经线，纬线可以自由选择颜色，用古式织机、挑花刀，采取通经断纬，反面挑织的方法手工挑织而成。西兰卡普制作的被面、床罩、窗帘、桌布、椅垫、包袱、艺术壁挂、锦袋、披肩等，色彩对比强烈，图案朴素而夸张，写实与抽象结合，极富生活气息。

西兰卡普清晰的丝丝缕缕是土家人书写他们自己故事的方式，四凤抬印、土王五颗印等，他们把历史的传说织进了西兰卡普；双凤朝阳、龙凤呈祥、麒麟送子、福禄寿喜、鲤跃龙门、五子登科、鸳鸯戏水、野鹿含梅、老鼠娶亲等，他们把生活风俗定格于西兰卡普；张家界风光、土家吊脚楼等，他们把自然风光搬上了西兰卡普；猴儿花、虎头花、猫脚迹花、狗牙齿花、玫瑰花、菊花、月月红等，他们也把花鸟鱼虫植入了西兰卡普。

在土家语里，"西兰"是铺盖的意思，"卡普"是花的意思，西兰卡普即土家族人的花铺盖。人们往往在花铺盖前冠以"土"字，以彰显这项民间工艺所包含的土家族民族特点。土花铺盖深为土家族人所珍爱，视之为智慧、技艺的结晶，被称作"土家之花"。

和任何一件美丽的事物一样，西兰卡普也有一个美丽的传说。传说中的西兰是土家山寨中一位最漂亮、最聪明的姑娘，善绣的她把山里的百花都绣遍了，只剩下半夜里开花半夜里谢的白果（银杏）花还没看见过。为了绣出白果花，她在半夜独自爬上高高的白果树与白果花儿对话，不料被好妒忌的嫂嫂发现了。糊涂的哥哥听信了嫂嫂谗言，用板斧砍断了白果树，西兰从树上摔下来死了。但她的绣花艺术却被土家人传了下来。

土家姑娘从十一二岁起，就开始学习织作，在织布的机台上织出美丽的西兰卡普。按照当地的习俗，土家姑娘出嫁时要有自己亲手织造的全套织锦作为嫁妆。土家人把能否挑花绣朵作为衡量一个土家姑娘是否心灵手巧的标志，土家有首情歌是这样唱的："白布帕子四只角，四只角上绣雁鹅；帕子烂了雁鹅在，不看人材看手脚。"因此，土家姑娘习惯于用彩色纱线精心织出自己的嫁妆，也织出自己美好幸福的新生活。

西兰卡普工艺独特，造型美观，构图大方，织工精巧，花样丰富，色彩鲜明热烈而古朴，被称为土家文化的活化石，也是中国五大织锦之一。2006 年，西兰卡普被列入国家非物质文化遗产名录。

如今，西兰卡普和其他民族手工艺品一样，受到了有关方面的日益重视，一些老艺人正在悉心培养下一代传承人，西兰卡普这朵开在土家的奇葩已经从山寨走向全国，走向世界。

西兰卡普是土家女子用女儿的缜密心思做经线，以母亲一样的柔情做纬线，用心织出的土家女子的深情诗句。

有一种感恩叫哭嫁

在土家族做女儿一定是很幸福的，因为我在恩施州看到、听到许多和女儿相关的美丽故事。在咸丰县黄金洞乡唐崖河上游有一个美丽的小山村叫女儿寨。这个羌族、土家族、苗族等多民族聚居的寨子，自然风光特别迷人。四周层峦叠嶂，风光秀丽，一望无际的绿色茶园和鳞次栉比的吊脚楼，其间有衣着艳丽的少数民族女儿走动。一派小桥流水人家的江南风情。我不知道这个地方为什么叫女儿寨，就自己想一个理由——因为像女儿一样美丽吧！

土家族还有一个浪漫多情的节日，就是每年农历七月十二的女儿会。这个在华夏大地上独显女性文化光辉的节日，被誉为"东方情人节"。女儿会保存着古代巴人原始婚俗的遗风，是偏僻的土家山寨中与封建包办婚姻相对立的一种恋爱方式，是恩施土家族青年在追求自由婚姻的过程中，自发形成的以集体择偶为主要目的的节日盛会。以歌为媒，自主择偶。

在这个节日，土家女子把自己最漂亮的衣服能穿的都穿上，把长的穿在里面，短的穿在外面，一件比一件短，把每一层最最漂亮的花边都露出来让人看见，并佩戴上自己最好的金银首饰。姑娘们用背篓背着自己亲手绣的鞋垫或者土产山货等摆在街道两旁，自己则稳稳当当地坐在倒放的背篓上，等待意中人来买东西。小伙子则在肩上斜挎一只背篓，形如漫不经心的游子，在姑娘面前搭讪。姑娘若是中意对方，则低价出售自己的货物，接着，就到街外的丛林中去赶女儿会，通过女问男答的对歌形式，互通心曲，以定终身。

20世纪80年代后，恩施州年年都要举办盛大的女儿会，越来越多、越来越远的山外人从四处赶来参加女儿会，一睹令人心动目眩的激情一刻，感受远古巴人真、善、美的脉搏与灵魂，领略土家人追求幸福、积极向上的民族精神。

土家女儿的人生高潮部分无疑是哭嫁了——土家姑娘的结婚喜庆之日是用哭声迎来的。新娘在结婚前半个多月就开哭了，有的甚至要哭一个多月，最少的也要哭上三五天。土家人还把能否唱哭嫁歌，作为衡量女子才智、贤德和孝顺的标志。哭嫁歌有哭父母、哭哥嫂、哭伯叔、哭姐妹、哭媒人、哭梳头、哭辞爹离娘、哭辞祖宗、哭上轿，甚至要哭家中的菜园、鸡鸭牛羊等等，哭的内容越多，越说明该女子有才、有感恩之心。

哭嫁的词一般为即兴所作，见娘哭娘，见婶哭婶，哭词各不相同，如哭父："天上星多月不明，爹爹为我苦费心，爹的恩情说不尽，提起话来说不尽。一怕我们受饥饿，二怕我们疾病生；三怕穿戴比人丑，披星戴月苦费心；四怕女儿无文化，把女送进学堂下。如今女儿已成人，花钱费米恩情大。一尺五寸把女盘，只差拿来口中衔；艰苦岁月费时日，挨冻受饿费心血！女儿错为菜籽命，父母枉自费苦心；女今离别父母去，内心难过泪淋淋！为女不得孝双亲，难孝父母到终身；水里点灯灯不明，空来世间枉为人！"

　　哭嫁通常在新娘的闺房进行，新娘哭到谁，谁就必须去陪哭，男的不会哭就说几句安慰、祝福的话以示惜别。哭嫁在新娘出嫁前一夜最为热闹，特别是天亮之前，父母、姐妹与新娘对哭时，一声声、一句句，如泣如诉、声泪俱下、凄戚哀婉——回忆母女情、诉说分别苦、感谢养育恩、托兄嫂照顾年迈双亲等，把亲人间的恩情和依依惜别之情表现得淋漓尽致，旁观者无不情动落泪。即使我只是在看一场表演，也会触景生情，想起自己在家做女儿时的某一天，和妈妈说到女儿大了总要出嫁离开娘的话题时，执手相看泪眼的情景，忍不住心弦颤动，恨不能冲过去和新娘一起抱头痛哭。

　　哭嫁，是红盖头下一朵最最凄艳动人的带雨梨花。

有一种豪情叫摔碗酒

　　酒是土家族在祭祀、征战、喜庆时不可或缺的语言，并且土家族有其很独特的饮酒方式。其中有一种咂酒——不是喝而是吸，用竹管、芦秆、麦秆或藤枝吸酒。据传是明代土家族士兵按时奔赴抗倭前线，将酒坛置于道旁，内插竹管，每过一人咂酒一口，以此传习成俗。咂酒是土家族人庆祝喜庆节日、欢迎贵宾的喜庆酒，也是祭祀、征战用的仪式酒，同时也是土家族人日常生活中须臾不离的饮食习惯。

　　咂酒的情景给人一种温暖的感觉：大家聚在一起，围着酒坛咂酒，没有高低贵贱之分，不嫌不弃，人人平等。咂酒，作为中华民族酒文化的一部分，历史悠久，别具一格，展示了土家族豪迈粗犷、热情好客的民族性格，也充分显示了土家族人民与汉族、苗族等其他民族长期以来和谐共处、团结互助的思想与情怀。

　　而摔碗酒的现场则有点惊心动魄了。在恩施一个叫"巴蔓子"的农家小院，我的双脚还没进门槛，就听到了一片"噼噼啪啪"的碗碎之声，开始我还以为是那些人酒醉闹事呢。但我刚刚在小竹椅上坐下，就见同桌有朋友端起一土碗农家自酿的苞谷酒一饮而尽，扬手"啪"一声将碗摔得粉碎。再看四周的每一桌，除了土家腊肉、野山药炖咸猪蹄等菜肴之外，都是统一的大壶的苞谷酒和码得齐齐的大摞土陶碗。敬酒声和着"噼噼啪啪"的摔碗之声，不绝于耳。因为如果碗摔不碎，必须罚喝一碗酒。所以大家都卖力地把碗摔向地面。看得我瞠目结舌。

后来有知情者向我们解说了摔碗酒的来历，其中的一个版本和东周末期的巴国将军巴蔓子相关。当时巴国发生内乱，蔓子遂以许诺酬谢楚国三城为代价，借楚军平息内乱。乱平后，楚使索城，蔓子认为国家不可分裂，身为人臣岂能私下割城。但不履行承诺是为无信，割掉国土是为不忠。于是，举酒一饮而尽，将碗摔碎，拔剑自刎。巴蔓子以头留城、忠信两全的故事，成了巴渝大地传颂千古的英雄壮歌。摔碗酒也成为人们对英雄的膜拜仪式。另一版本是相传有两家土司势不两立，后来，为了民族的生存和发展，两人决定尽释前嫌，于是共饮一碗酒，酒喝干后，将碗摔碎，以示今后的友谊与和谐，显示了二人的肚量和豪气。

今天的摔碗酒，已经成为土家族的一种文化特征。游人在体验土家风情、领略土家文化时，也会入乡随俗，喝一回摔碗酒。

摔碗酒，一摔泯恩仇，是率性豪爽、热情好客、达观随和、与人为善的土家人的真情表白。

第五辑
美人才调

心有阳光花怒放（五章）

我心朝南

前几天，看完晚场电影，为了赶末班公交车，我像逃难一样地疯跑，结果车没追上，羽绒衣却挂在路边的树枝上钩了个大窟窿。看着片片羽绒像蒲公英一样在我身后飞舞，我竟然忘记去追公交，而是反身去捕捉羽绒。当我抓到几片羽绒后，居然像个傻子一样仰天大笑：呀！真的是鸭毛啊，货真价实的羽绒！可不是什么假冒的填充物……路人纷纷向我行注目礼，也有些看懂了我的人当场被我逗乐的。我伸伸舌头，仓皇而逃：幸亏是夜间，行人不多，不然被人围观会造成交通堵塞的。想着，又庆幸地偷着乐了。

有一次，我和几个朋友一起买了蛋糕吃，突然牙齿被什么东西硌了一下，吐出来一看是一小片鸡蛋壳，我立刻眉开眼笑：这蛋糕里真的放了鸡蛋呢！朋友们调侃我：脑髓敲出的（杭州话：非正常思维）。

我说，还好啦。给你们讲个故事吧，从前有一个叫庄子的老头，他的爱妻死了，他不但没哭，还拿出家中的瓦缶，又敲又唱，好像是在敲锣打鼓地欢庆呢。连他的朋友惠施都看不过去了，大骂庄老头没有良心。但庄子说，他鼓盆而歌是因为他的妻子回归自然了，这是好事，是他对生死的乐观态度。跟人家庄子比比，我是不是太小儿科了？相差十万八千里，还要继续努力啊！

我常常采访一些成功人士，有一次，一位住别墅、开宝马的金领对我说：别以为那些开开宝马、住住别墅的人都很潇洒、很惬意、很懂得享受，其实，生活质量和工作的压力是成正比的；买了别墅、宝马的人比不买别墅、宝马的人更辛苦。你想想，你一天没赚到钱没什么大不了的，我若是一天不赚钱，这别墅、宝马的开销怎么应付？

确实是这样，他有他成功的快乐，但更有他成功背后辛勤的付出和各种压力。哪像买不起房的我，不用愁眉苦脸地想着还清房贷，拿点奖金、稿费什么的就可以潇洒地下一回馆子，买两条花裙子。想着这些，我就会轻松愉快地笑出声音来。

生活中的我就是这样，成天像捡到宝似的咧着嘴笑。同事开玩笑，说我"工资不高，级别不高，幸福指数倒是蛮高的"。

我常常听朋友们叫我开心果，说我是个格外幸运的人。其实，月有阴晴圆缺，任何人和事都有阴阳两面，只不过我总是看到、感受到阳面的更多一点。正如阳光一样地普照大地，但朝南的房间总是采光好一点，光照的时间也长一点，我想，我的心一定是朝南的吧。

阳光是谁都喜欢的，但有时，我看到一些人小心、矜持地收起笑容，收敛着快乐，很节省着用，生怕快乐这个珍贵的东西一下子就用完了。我想说，快乐不是钱，不可以储存，也没有利息，快乐就像阳光，不及时"hold"住，就会悄悄地乘隙而去！

感恩的心是平常心

有点忐忑不安地敲开了社长办公室的门，递上为评职称而写的自我述职报告："知道你很忙，最近身体也不好，但我还是为了自己个人的事要打扰你，想请你帮我看一下，替我把把关。"我终于艰难地把背诵了许多遍的话说了出来，这是因为我觉得自己应该会遭受婉言拒绝的。就像我自己常常断然拒绝朋友们一样："我很忙，我的工作就是看稿子，休息时间你还让我看你的文字，你还让不让我活了？"毫无疑问，领导比我更忙，要把关的事更多，有什么义务来替我把关？更何况我这事做得连我自己都感觉功利了一点，平时是无事不登三宝殿，见到领导能躲就躲，能避就避，这回临时抱佛脚还亏我开得出口。

但是，社长不仅满口答应而且还满腔热情："以我多年做评委的经验之谈，除了硬杠杠之外，这份述职报告很重要。我会仔细看看你有没有写到点子上。"我不禁为自己之前的小人之心而脸红，由衷地说："实在不好意思，太麻烦你了。""你是我们单位的员工，这还不应该吗？"社长的话和真诚的笑靥，让我在这个冬天温暖了很久。

后来，有一天清晨我刚到办公室，总编就来告诉我："你的职称初评全票通过了。"事先我都没有和总编打一个招呼，但他却一样体恤下属的那份焦虑等待的心情。不久之后的一天，社长又在第一时间告诉了我终评的结果。并说，可以好好庆祝一下了。

很感动于领导的如此关照，和平时每一次遇到高兴的事一样，我习惯和妈妈分享。妈妈很朴素地叮咛我：领导这么好，你也要帮他的忙哦。我一向喜欢听妈妈富有生活经验和人生哲理的话——不是说报答，而是说帮忙。妈妈的话让我想到，其实领导也是平常人，和我们每一个人一样，也是需要每一名员工的鼎力相助的，如果没有了员工们的响应和执行，领导的策略和谋划也只能是一纸空文。

这次参与评审的收获远远不止是自己职称上的一次晋升，而是刷新了自己原先的某些偏见：过去，我总是很势利眼地以自己个人的得失去评价一个领导，还以为领导们总是端着架子高高在上，不会关心普通员工私人的忧伤和快乐的。当我重新调整了我的评价系统后，我看到了自己在守住本分之外的那份孤傲和冷漠。

写下这些是要提醒我自己，要学会用一颗感恩的平常心，平等地去看待自己和身边的每一个人，比如领导，即使他们没有那么具体地关心、帮助过我，但只要他把一个单位经营得很滋润，他就是一个对我有恩的人啊！

此刻，快要过年了，像写年终小结一样，我一个一个地盘点着自己想要感恩的人，除了常设的父母、师长、亲友等排行榜之外，发现又多了许多新的名单，其中，领导是一个全新的人群。这样的盘点，就像在暖暖的冬阳下晒晒棉被，非常温暖。

美丽地活着

每天清晨在上班等候公交的车站，都会碰到一位打扮得很亮丽的老太太，画眉点唇，头发盘成高高的发髻，精致入时的衣裙，在一群年轻的职业女性中，她很是醒目。人们不免会多看她几眼。

我常常因为怕上班迟到而心急火燎地跑着喊着追赶公交车，弄得丢盔卸甲、狼狈不堪，有时甚至于来不及梳头洗脸，蓬头垢面就匆匆忙忙地出门了。但总能看到那老太太自信从容、气定神闲，梳妆得齐整、时尚地早早等候在车站了。春夏秋冬、风雪晴雨，她一如既往。

以她的年龄而言，显然早就该退休了，甚至于反聘或者做顾问的可能性也很小。她每天风雨无阻地和我们上班族一样赶着挤公交去做什么呢？我不免好奇地向她打听究竟。老人竟然像年轻人一样，心无城府地坦诚相告：她是单身一人独居，80多岁了，每天一早是赶去老年活动中心跳舞的。

看着这位耄耋老人，对自己一点都不马虎，她的身姿虽然不是那么亭亭玉立，但依然挺拔、矫健，一点不臃肿，更没有龙钟老态，天天打扮得亮丽光鲜的样子，似去赴约的少女，天天都满怀着憧憬和新的希望，仿佛生命中还有许多美丽在等待着她，对于她，每天的太阳一定是新的。

我终于明白了，她之所以会那么醒目是因为她和许多老人，甚至是一些并不老的人，很不相同。

我们常常看到我们周围的一些女子，一结婚一生孩子就变得邋里邋遢、不修边幅，连起码的干净整洁都不顾了，说话也变得粗犷、不拘小节，还振振有词地为自己的懒惰找理由：又不去相亲，把自己打扮得这么漂亮做什么？还有些老人要么怪小辈工作太忙没有时间陪伴自己不够孝顺，要么就是成天愁眉苦脸，觉得浑身上下不是这里痛就是那里不舒服，但既不积极治疗，也不锻炼身体，只是一味地长吁短叹，常常心灰意冷地把"等死"这样灰暗的词挂在嘴巴上。更有些人年纪远远没有到老，却毫无抱负、不思进取，懒懒散散，得过且过，早早就在等着退休，天天都在虚度年华，挨日子。

这些人对什么都马马虎虎，对什么都在应付着，他们敷衍生活，敷衍工作，敷衍友情、爱情和亲情，其实说到底就是在敷衍自己的生命。这种机械单调的日复一日、年复一年的重复，说得不好听一点就是行尸走肉。

其实，我说的认真过好生命中的每一天，并不是说非得天天把自己打扮得像明星，也不是说一定能把事业搞得轰轰烈烈弄出什么大名堂，更不是一定得赚到许多钱把生活弄得大富大贵。

我每天上班时，还会在一个街角看到一位很朴素的大嫂，守着一点点地盘，凭着一枚小小的针、几缕长长短短的线，靠缝缝补补谋生活。一针一线、一丝不苟。她不看繁华喧嚣的车来人往，只是全神贯注认真地补缀着手中的每一件衣衫，平静、淡泊地过着自己的日子。

而我们周围却有不少有高学历并拥有让人羡慕的职业的人，抱怨世事艰辛，感叹命运不公，心浮气躁，好高骛远，大事做不来，小事不屑做。让时光匆匆流去。其实，这也是一种敷衍生命。

我觉得无论是那位时尚的老太太还是这位平常的织补大嫂，她们是可以做我们的楷模的。是的，她们既不是什么成功人士，也不是什么名人、伟人，她们只是最平常普通的百姓，但她们对生活认真的态度确实是值得我们学习的。相比之下，平民楷模的脸庞会更质朴，神态会更本色、更真切实在，更可信、可敬、可效仿。

和你美丽地邂逅

仿佛是命中注定了要有一次美丽的邂逅。

和曾经有过的许多次一样，不经意间，把一粒瓜子掉落在阳台上花盆里。而这一次和以往不同，瓜子没有无声无息地消失远去，像一阵夏日的轻风。

我没有随意地把你扔进垃圾桶把你丢弃而是将你丢在一个有泥土的花盆里，谁能说这不是我对土地的一份希望呢？瓜子一定就是知道我的心思的你，信守诺言地萌芽、抽穗、开花结果。所以，我认识了你纤纤的长藤、青青的叶子，黄花儿正年少的样子。

那天清晨，不经意间看到你纤弱细长的一溜从花盆的边缘调皮地出逃垂挂于阳台的一隅，那种惊喜交集的邂逅，让我的心绪颤动激荡。我小心翼翼，不敢挪动花盆，生怕不小心触伤了你娇嫩的枝枝叶叶。

以后匆匆忙忙的日子里，一样的清晨黄昏，多了特意去看你的几分几秒时间，曾经看到你青枝绿叶青翠欲滴的恣意青春；看到你的黄花在一朵一朵地开放，那种略微的放纵、肆意的轻狂，以及沉溺于温存的甜蜜，美丽的花儿幸福的模样；看到你落叶别离了枝头，飘飘然随风私奔，几经翻滚飘荡之后，坠落地面时轻轻的叹息……

一次次邂逅，一次次惊艳。

虽然最终的结果令我意外——你并不是我想象中的甜蜜的西瓜，而是一个苦瓜！但我依旧为这美丽的邂逅而感动。

毕竟，我和你一起经历过，轻风与花相吻，藤与瓜相拥，轻触的瞬间，纠缠交错出那般华丽魅惑的曲线，摇曳交响着轮回所包含的偶然和必然；相遇相识的瞬间，那是一种极为细腻的声音，一种你我心深处分泌的情愫，激动和兴奋，演奏出这场美丽的邂逅。

没有刻意的追求，只有随缘的邂逅；没有相思的煎熬与难耐，只有相遇的惊喜与美丽。生命中有多少次这样的邂逅呢？可遇而不可求，谁说这不是三生有幸的缘分呢？谁又能说得清我们曾经在匆匆太匆匆的步履中错过了多少次这样的邂逅呢？

秋风无语，如一首未央的歌。

看着窗外的黄花已然谢落，我知道，邂逅与分离本来就是一对喜欢谈恋爱的词组，亘古以来难分难舍，没有人可以逃得过。缠绵、惊喜的温度存在于你我相互交会的眼神里，何其短暂，仿佛只是存在于你我闪念间的幻象。没有偶然的世界，轮回也成就不了你我的那一场美丽的邂逅。

不要怨风无情地带走了你，也不必怪枝头没有刻意地挽留，我们谁又不是谁的生命中的匆匆过客呢？有的缘分注定了不能一起慢慢变老，但是，我相信，分离也和邂逅一样，也是一种美丽，那样的美丽都已经刻在我生命的年轮里。

我感恩，感恩这美丽的邂逅。

寻找语言中的钻石

我不是一个沉默寡言的人，但说话却很不玲珑，有时好好的一句话却被我说得又生又硬，常常被疑似吃了夹生饭。

曾经看到一位小学老师写给自己学生的评语，其中写到缺点时是这样的一句："假如你能改掉粗心大意的毛病，你会是一个更加可爱的女孩。"想起自己从前当老师的时光，也写评语，同样是指出学生的缺点，我一般会直截了当地指出缺点一二三……换了我自己是学生，读了这样的评语也一定是郁闷至极的。

同样的目的、同样的话，换一种方式去说，结果会完全不一样。

这种缺少过滤就很原生态地把自己的观点说出来，若是用词再涉尖酸刻薄之嫌，这于处世不利，于行文就大碍了。

学习写文章时，老师曾经提醒过，写作不可用"贬低一个人来抬高另一个人"的拙劣手法，特别是媒体从业者，更要谨慎，不以自己的好恶去界定客观事实，更不可以有"攻击性"的语言。这也是写作者的职业操守。估计我是比较听老师话的那种人，所以在写文章时还知道斟酌再三，何况要发表还得经过编审之关，所以底线守得还算是蛮牢的。也算是有职业道德了。

我知道自己的短处，又很幸运地生活在电脑时代，所以能不见面就尽量用文字交流，能 QQ 就不打电话。长久如此，语言功能更是大大退化了。

而在日常生活中，除了特殊人群，我们更多的时间还是得用口语而不是文字交流。所以我还是常常犯忌，出口伤人，不知道因此而得罪了多少人，甚至会伤害到至亲至爱的人。祸从口出成了我致命的伤痛，却又似难以治愈的痼疾。

现实中，也许像我这样出言不逊的人并不多，但肯无功利地赞美别人的人好像也不多。似乎只有在追悼会上，人们才舍得出示所有的美言。其实，这样的赞美都已经是废话了。有人说过，真诚的赞美像是高品质的化妆品，尽管昂贵、尽管奢侈，但如果只是收藏着不肯打开来用，那等于浪费。因为任何化妆品都会有保质期，过期作废。

曾经听过不少教育和心理学专家的讲座，几乎众口一词：一个善于赞美的人无论是在老板面前还是在同事中一定更吃得开。在现代生活中，良好的人际关系比能力和才华更重要，情商变得越来越重要了。如今，也有越来越多的家长清楚地认识到，一味地让孩子用功读书考学并非育儿良策，一个高情商的人更容易获得成功。

不少专家认可：赞美是语言中的钻石。

事实是，学会真心的、无功利地赞美，你的工作和生活环境立马会有改观呢。近些日子，我常常收到同事自己制作的美食，一块精致可口的蛋糕，一袋笋干花生，或者是一碗菜、一盘炒饭，我知道，这是我多次夸她心灵手巧的结果，说明我的初级学习已经有收益了，这也让我有信心痛改前非，虽然做不到字字句句闪金光，但也一定要让自己的话中镶嵌着星星点点的碎钻，总有些许闪光点。

人生在世，谁又能够躲得过生活的大考呢？

直面人生岁月静好（六章）

躲 礼

这些日子，我看着爹妈总是长吁短叹，压力很重的样子。妈妈说，每到中秋和过年都有亲友来送礼，礼金越来越大，从百到千。好不容易等那亲戚的孩子考上大学或者有别的什么机会，还礼万千余，刚刚感觉"无债一身轻"松了一口气，没想到结果反而抬高了物价——礼金看涨价了。老爸说，以后过节要逃了，人家杨白劳躲债，我们躲礼。

父母都是平头百姓，也没什么过人的本领，只是勤恳持家、善良待人。所以能够给我父母送礼的人大多不是为了什么人际关系，也不为达到什么个人目的，只是纯粹表达爱心、孝心，体现亲情。这样的送礼，按理说，应该感谢才对，但父母却被礼送得寝食不安，还大有流离失所之虞。

中国是一个礼仪之邦，礼尚往来是一种风俗习惯，礼品是情感的载体。但送礼并不是一件简单的事。送的不合适反而会产生麻烦和尴尬，弄巧成拙。因人因事因地施礼是一种学问，如西方人认为单数是吉利的，有时只送三个梨也不感到菲薄；中国人则喜欢成双成对，凡是大贺大喜之事，一定要成双忌单。但广东人忌讳"4"这个偶数，因为在广东话中，"4"听起来就像是

"死"，是不吉利的。中国也喜欢用红色来表达喜庆、祥和、欢庆。

另外，还有一些讲究，如不能送钟给老人，不能送梨或者伞给夫妻或情人，因为"送钟"与"送终"，"梨"与"离"，"伞"与"散"谐音，不吉利。也不可以给健康人送药品，不能为异性朋友送贴身的用品等。还有，西方人收到礼品，一定要马上打开，当着送礼人的面欣赏或品尝礼品，并立即向送礼者道谢。而中国人非常含蓄，要到客人离去才私下查看礼品，否则会让人觉得迫不及待不礼貌。

送礼人除了要送合适的礼品之外，还得酌情考虑礼轻礼重，考虑受礼人的承受能力，给长辈送礼尽管不是那些给达官贵人送礼的功利者，但也不是送得越多越贵重越好。像我父母辈的人，大多生活俭朴，对物质没有太大的奢求，又有"无功不受禄""受滴水之恩以涌泉相报"等传统观念，更不会敛不义之财。所以那些拒绝不掉的礼金，反而成为父母负担，添了他们一块心病，他们老是觉着欠了别人的债务，老是思忖着怎么去偿还。

按理，中秋节我该给父母送点月饼什么的，但听到父母为此心事重重，老妈说："我们胃口不大吃不了多少东西，消费也有限，哪花得掉许多钱？你不但不用给我们买什么来，还应该帮忙从我们这里拿一点走。"做女儿的义务、责任也好，权利（我有一位朋友曾经说，尽孝是子女的权利）也罢，反正没我这个应该送礼的女儿什么事了。

我想提醒善良的兄弟姐妹们，不要光记着"礼多人不怪"这一句，还有一些"雪中送炭""千里送鹅毛""礼轻情意重"什么的，也应该温习一下哦！我不是在这里得了便宜还卖乖，因为我爸妈说了——还不如打个电话问候一声，或者路过时顺道进来看看我们，喝一杯茶说几句话呢。这样，我们更心安。

心里没鬼也不敢面对

自从拿起相机后，发现了自己一个严重的毛病——不敢面对。对着花花草草的拍摄没事，还总是想着零距离、微距，但镜头一对着人就不行了，不是偷偷从背后拍，就是远距离躲到人家看不见的地方拍。

不仅我拍人家不敢面对，人家拍我，我也喜欢闪。所以我的大多照片也都是别人偷拍的。集体照不是藏在最后一排，就是掖在边角画面出血的地方。

其实，这种害怕面对不仅仅是拍照片，当老师时，一次校长训话：有的新教师上课铃响了许久，还缩在教室门口不敢进去，怕见学生，教师的基本素质都没有。全校教师唰一下把头转过来，看坐在会议室最后排的我。是呀，每次开会我也喜欢坐最后排角落里！

有人说，因为脸上有青春痘，因为不自信，因为心里有鬼……所以不敢面对，但我好像不是因为这些呀。

有一次采访一位文科考研状元，有才有貌的一个女孩，就是不想见人。一放学就躲在家里，什么唱歌呀、和同学出去玩呀都不愿意，也讨厌家里来人，不论男女。那天她倒是和我说了真话："其实不是我与人打交道的能力差，我想我如果愿意，应该不会讨人厌。但我就是不想。你想，不管面对谁，都不能像一人独处一样地随意，想怎样的姿态怎样的衣着都不要紧。而面对别人，就算是不用衣冠楚楚，至少得穿着齐整，至少得坐有坐相，至少得打起精神吧？我觉得这是件很辛苦的事。"

我有一位朋友是电视台的节目主持人，她倒是不怕出镜，但似乎也怕与人面对面。每每有人约请她吃饭小聚，她都以各种理由推掉，然后叫上我，说："我们俩去吃东西，或者泡茶馆。"我不解，不是一样吃饭喝茶吗？为什么人家诚心请了不去，让人家失望，是怕欠人情还是摆架子？她说，不是，是因为和你在一起轻松自在，可以素面朝天。其实，我特别喜欢她铅华洗净的样子。但她怕听到别人说，怎么和荧屏上不像呢。

从她们的话中，我明白了：面对，是要做给别人看的，要为别人打起精神，要为别人而做自己，也就是说，面对其实是要为别人而麻烦自己的事。怪不得，许多朋友和我一样，QQ 都是隐身的，而且他们从来不去见网友，并不是像传说的那样因为青蛙和恐龙的缘故啊。

但我的工作还都是得与人面对面的——老师、记者、翻译，现在又想玩相机了。虽然眼睛可以藏在镜头后面，但面还得对着面呀。而且，即使是你不从事这些职业，生活中还是总有一些事，是我们不得不面对的。比如前几天，我看到一位新婚的好友从 QQ 邮箱里发了一个"相册"给我，我想都没想就打开了，结果却是一个病毒。后果很严重，因为染上了毒的我转手又把病毒发给了所有的 QQ 好友。而我知道，只要是信任我的朋友都会立马打开这个病毒。因为在网络中，最信任的朋友也许是最危险的"阴谋"。

我只好不再隐身，挺身而出，大声地告诉这个世界：别惹我，我是病毒！早就忘记了我还有不敢面对这桩事儿。

我终于明白了，不敢面对，是不到万不得已呵！

也没那么可怕

夜有些诡秘，冷冷的街头，孤零零的公交车站牌下，我焦急地等着，总也不见有车来，却等来一个素不相识的男人。也许是见我总是盯着站牌看，就心生好奇吧："你要去哪里啊？"他年轻的脸上有善意的笑（不过由当时的我看来感觉那是一种居心叵测的笑)。"我去哪里跟你有什么关系?"我立马像浑身竖起了刺的刺猬一样,认定这个搭七搭八的男人不是什么好鸟。

"我是怕你坐错了方向哦,你是不是要去城站啊?"他讪讪地问。

纯属瞎操心!我坐不坐错车关你什么事,不就是个吃了饭没事情做的无聊人么?半夜还不回家在马路上晃悠,我才没心情理你!我干脆怒目相向,懒得废话。

总算来了一班车,但不是我等的那一班。车上下来一个年轻的女孩,那男人迎上去替她撑起一把伞。他们相拥着走进雨帘中,但很快又折回来,还是那个男人,还是那句话:"你是要去城站吧,你等错方向了!"我再透过雨雾看过去时,感觉这个男人有着一种这个年头不多见的热心肠,还带着很难得的单纯和执着。他一定是把我当作一个在雨夜里迷了路的外地人了,原来,他的那些"不怀好意"完全是我的瞎揣摩。

我不仅惶恐起来,其实,真要是说起来世事也没那么巨测,人心也没那么险恶,一些听起来很恐怖的事情,有一些纯粹是人吓人,甚至只是自己吓自己所致。有时,人吓人,真的会吓死人的。

想起有一阵子,我在一家报社的新闻部做夜班编辑,我的那些记者同事不知道中了什么蛊,那段时间采写的社会新闻大多很血腥,什么"光天化日之下有人入室抢劫","众目睽睽中有人行凶"之类的恐怖新闻,虽然我知道我的那些同事大多把"狗咬人不是新闻,人咬狗才是新闻"当作新闻定义的"金科玉律",而"人咬狗"终究是一万年才可能碰到一次的极个别现象,但这样的稿子编多了,我这个容易受暗示的人还是被吓倒了,每天夜班下班回家的那段路都若入炼狱。风吹草动、光影移动,都会产生有假想敌人的幻觉,真的是风声鹤唳,草木皆兵啊。

记忆中最恐怖的一次是我进入我住的那个小区后,在一片高楼和树影的黑暗中，我听到身后有追我的脚步声，回首看，一光膀子的大汉向我冲刺而来，口中还念念有词地不知道在胡说些什么，吓得我魂飞魄散撒开腿就狂跑，我这个从小到大体育从来没有及格过的人在那会儿却超常发挥，跑步速度绝对可以和刘翔比试一下。但还是很不幸地被那大汉追上，当他和我擦肩而过时，我的心一下子蹦到了嗓子眼上，感觉脑袋"嗡"的一下，只有一个想法：我死定了！

但人家根本连看都没看我一眼就像一颗子弹一样从我身边呼啸而过，其实那根本就是一个智力障碍者在一心一意地狂追着他自己的梦。

后来，我在想，假如那一刹那我真的被吓死了，不知道别人会如何界定我的死因？估计多半会在追悼会上说一句"因病猝死"吧。看来，那些"被吓大的人"和"被吓死的人"都不仅仅是传说哦！

我曾经视死如归

回想起来我这个胆小鬼还有过一次"视死如归"的壮举。觉得有必要自我表彰一下，以使今天的自己能够更加临危不惧，勇敢面对世上的所有不测。

那是多年前一个细雨霏霏的黄昏，我独自走在延安路上，多半是若有所思，我是一个喜欢带着胡思乱想上路的人。所以磕磕绊绊的在所难免。问题是那一次碰撞的东西很不对，估计那是全世界人民都不愿意乱碰的——公交8路车。

当时的感觉是非常非常刺耳，不，应该是直刺脑子的尖厉声，接着是眼前满天飞着金星，感觉自己和金星一起飞了起来，然后就什么也不知道了。

假如撞得再精准一点，能够直指要害的话，真的是没有痛苦，也没有害怕，甚至于连个简单的告别仪式都没有，就这样悄悄地走了。可是，坚强的我却又重新听到了人间的声音："快，市一！""不，不，浙二吧！"我感觉到有人抱着我，但却睁不开眼睛，也不能开口说话，只记得之前有辆大巴慢悠悠地向我开过来。

我睁开眼睛能说话时，已经躺在浙二的急救室里了。我的运气很好，一睁开眼睛就看到一超级帅哥，穿着白大褂，正俯身拨弄着我的长发。我冲口就很焦虑地问："医生，我会变傻子吗？"他大笑，说："应该不会呀，你是做什么的？"我告诉他是外语老师，他就让我背个单词给他听，然后很郑重地拍板："聪明依旧。不过，你的长发可能得剪掉一些，头上有伤，得包扎。"

估计是听到自己还能聪明地活着，想法马上又多起来了。说，头发不能剪，因为怕我爹妈看到吓坏。这个帅哥医生居然就答应了我的要求。

然后是民警呀、司机呀、公交公司的人呀都来了，民警问了我的名字、职业、联系方法等，一一记下了，给了我一个电话号码，说等我觉得完全康复了去找他处理事故。我一一点头应允，只想快点回家，只恐夜太深，回去被严厉的老爸棍棒相加，感觉老爸的棍棒比汽车凶猛。

那伙人送我回家至门口，我停住，说："你们可以走了，这么多人，我爹妈会吓死的。"我再三肯定"我真的没事"后，他们离去。看他们走远，我摸摸缠在头上的纱布，觉得还是会吓着爹妈的，就扯下，就近找个垃圾箱扔了，悄悄潜入家中，不洗不漱钻进被窝就睡着了。第二天该干啥就干啥了。整个感觉就像不慎摔了个跟头，爬起来拍拍尘土继续走路去了。

倒是因为有轻微脑震荡，吃了医生开的"脑复康"老是感觉昏昏欲睡，人也不断发胖，害得平日里当我掌上明珠的老妈在那些日子里天天用狐疑的目光盯着我看，多次厉声地问："你老实说，到底出了什么事了？"直到我实在扛不牢了很委屈地哭着告诉爹妈，自己差一点被车撞死的经历后，老妈才语无伦次地拨着我的头发说："撞哪儿了？现在头晕不？还痛不？怎么不早说呀，我还一直以为……"——原来，老妈这些日子忧心忡忡，是怀疑我未婚先有子了呢！

给孝顺一个新的版本

孝顺是为人之道，这个道理毋庸置疑。然而如何尽孝却是一个问题。

许多人都以为父母养大了我，现在父母老了，我能赚钱养活父母了，这就是孝顺。这样说，当然没有错。过去，由于社会生产力的低下，物质匮乏，温饱是过好日子的追求目标，因此，关于孝顺的许多经典篇章都是围绕着衣食住行这个主题展开的，那些孝子的楷模为解决父母的饥饿病痛问题，甚至可以舍弃自己年轻的生命……如今，我们已经进入了高度的物质文明和精神文明阶段，衣食住行已经不是我们的主要问题，我们孝顺的内容是不是也得跟着水涨船高呢？

曾经听过台湾国学大师傅佩荣教授的一个讲座，在讲到孔子的孝文化时，他说自己在工作后，就给妈妈钱。因为小时候家里孩子多，很穷，一直缺钱，他以为给妈妈钱多一些她就会开心，所以不断给妈妈"加薪"。但妈妈并没有高兴，她说，你给我钱多没用，因为我现在瘫痪了不用吃太多的食物，也花不了多少钱。

于是，傅先生就想"扬名声，显父母"，他在外面开讲座，上电视，出了名。他想，这回妈妈应该会高兴吧？可妈妈说，你这个有什么用呢？别人又不知道我是你妈妈。他问妈妈，你要我怎么做你才会开心呢？

　　傅妈妈想了想说，你让我快乐只有一个办法——陪我打麻将。傅先生就特意去学打麻将，每到星期六就去陪妈妈打麻将。他发现，打麻将时的妈妈比健康的人还有活力。傅先生还很"艺术"地输钱给妈妈。他说："父母把我生下来、把我养大，我现在陪父母打麻将，输一点钱叫天经地义。"

　　这位精通孔孟、老庄之道的国学大师，在传承、弘扬中华五千年慈孝文化的同时，与时俱进地把孝文化的内容和形式进行了提升和刷新。今天的我们，如果依旧只是跟羔羊比跪乳，跟乌鸦学反哺，依旧以"香九龄，能温席，孝于亲，所当执"为蓝本，这样的孝顺显然是过于低级了。我们可以先问问自己：是不是衣食无忧就算是幸福生活了呢？相信绝大多数人会说，现代品质生活的内容当然不只是温饱，除了物质的层面，更有精神的需求。而我们所需要的，同样也是父母们所需要的生活内容呵。

　　我近日回家看望父母，发现常常因无聊而打瞌睡的老父和我说起家史时，兴致勃勃。尤其是当我表现出爱听并承诺要写成文字时，父亲更是精神焕发，还津津乐道地替我出谋划策如何给文章取题目，如何布局情节结构等，很是开心。从中我得到启发：这就是孝顺呀。就像歌曲《常回家看看》所唱的那样——给妈妈刷刷筷子洗洗碗，给爸爸捶捶后背揉揉肩，把自己在外面的所见所闻讲给老人听，定期陪老人做体检，有时间陪父母去听一出戏、看一部电影，和他们一起去旅游……

　　也许，父母的那些陈芝麻烂谷子的往事，没有名人的讲座好听；那些家常的事儿不如影视文学作品精彩；陪父母打牌、下棋也不如我们自己 K 歌蹦极更刺激……但我们有没有想过，我们小时候忙碌于养家活口的父母于工作、家务之后，还要抽时间给我们讲个童话故事；他们的业余时间、休息时间都在陪伴着我们搭积木、过家家；在尽可能让我们穿暖吃饱后，还送我们上学……这不是父母们无偿的奉献、无私的爱又是什么呢？

经常听到一些人说，等我有能力了，我一定要买楼、买车好好孝顺父母。岂不知，天下最不能等待的事情就是孝顺了。所谓"树欲静而风不止，子欲养而亲不待"，与其让父母如此无限期地等待，还不如现在就打一个电话给父母一声温馨的问候，有空就回家去为父母做些琐事。试想，还有什么能比立刻让父母高兴更孝顺的呢？

骗子说：你这个骗子！

这些日子，老是收到一些短信："钱请汇到××行，卡号……"

从前，要想让人出钱，都会有些诱饵，比如你得奖了啊，先交点税以小钱换大钱，或者就威胁你，说你的电话欠费了，要停机，或者你的信用卡在某处消费了多少多少……现在索性连馅儿饼都省略了，更单刀直入直接让你"拿钱来"，看来骗子也是与时俱进，不断加快工作节奏，提高工作效率哦。

我知道，并不是那个骗子对我情有独钟，几乎有手机的人都有收到过类似的短信，因为他们的"企业精神"是：一个都不会放过的。

虽说，这样的骗术不算什么高明，但中招的事还是常有发生。世界上怕就怕万一两个字，有时就会有这样的巧合：甲允诺借20万给乙，乙说一会儿手机发个短信，就把钱打在这个账号上。甲凑巧就在一会儿后收到一个骗子的短信，让其把款子打到某个账号，甲想当然以为是乙发给他的，就中了套。最近又一起中套的，玩得更大：两个企业之间有一大笔（180万）业务，也是短信告之账号，但骗子的短信紧跟着不是骗子的短信：账号改一下，请打另一个账号。于是180万就这样落进骗子的账号。当日案发，一查，60万已经被取走（幸亏大额取现还是有点难的，所以才没有全部取光)。

一亿个人只要有一个人中计，骗子就算得逞了。所以这样的骗术一直不能终止。所以我们一直在收到这样的短信。

据说，有个人实在对此类不良信息烦不过，趁着那天有闲，就回了一个短信：款子已经按你提供的账号打出，请查收。不一会儿，他又收到一个短信，说：你根本就没有打钱，我去查过了。你这个骗子！本来想以骗治骗，治不了出口气也好，没想到不但没出气反而被骗子骂成骗子了。好悖！

仔细想想也是的：说打钱了其实根本没打，这也是骗呀，是一个骗骗子的骗子（或者说是假骗子骗真骗子)？

如此，骗来骗去，尔虞我诈，使得 QQ 不可信，网络不可信，电话不可信，短信不可信，誓言不可信，承诺不可信……还有什么可信的呢？

但不能因噎废食，因为一棵病树而放弃整个森林呀，所以 QQ 还得用，网络还得通，电话还要打，短信也得发，该发誓的还得发誓，该承诺的照样承诺，要信任的还得信任……至于骗子呢，怎么办啊？我目前也想不出好的办法，我想，既然骗子如此直截了当，我也不用太婉转了，就直接问：请问你是骗子吗？你说，他的回信会不会是——你才是骗子呢?！

问到心无愧（十三章）

听邻居这样恐吓过一只鸡吗？

"你再不听话，我就把你杀了炖了吃掉！"怪不得鸡有鸡皮疙瘩，这样的话连旁人听了都会起生理反应呵。这是我常常在早晨赶去上班时在楼道里听到邻居大妈在恐吓一只鸡的话。

不知道是从什么时候开始的，邻居大妈家里来了一只鸡，天天都能看见那大妈或者抱着鸡或者赶着鸡去楼下的草地上不知道是遛鸡还是牧鸡。

有时大妈自己端着饭碗一边吃饭一边从碗里扒拉一些饭菜和鸡分享；有时大妈一只眼睛看着报纸，另一只眼睛监视着鸡的一举一动，然后命令它"立正、立停、向前走"。时而，大妈似把鸡当作她的知己，蹲着和鸡喁喁私语，甚至于抱在怀里捋着顺毛像热恋中的少男少女称呼对方那样叫鸡为"心肝宝贝"；更多的时间，大妈则像对仇人一样很是气势汹汹地训斥其不听话，并扬言要杀了它……

像如今这样吃得饱饱的、穿得暖暖的太平盛世，养狗饲猫的弄个宠物玩玩，偶尔声色犬马一下，种朵花、遛个鸟的都不算什么过分的稀罕事儿，稀罕的是在人进出房门时还得脱鞋的城里居然有人养起了鸡！且近来我发现鸡的数量还呈增加的趋势，不再只是一只而是三五成群在小区里闲庭信步呢。不知道是更多的邻里在模仿还是大妈家的那只鸡有了后代。我也没有时间和胆量去多管闲事问一下他们养鸡的目的是做宠物，还是想吃鸡想疯了。

不过看这成群结队的饲养架势，多半是要做盘中餐了。然而，像这样在骂声中被"吓"大的鸡，身体中一定充满着毒素，如果你知道它们的成长经历，你敢吃吗？也许我是杞人忧天，人家根本就是当作宠物养的，就是真的杀了吃也横竖是轮不到我吃的。

但是，每天看着小区里这群鸡优哉游哉地在眼前晃来晃去溜达，总感觉有些不大对劲：照这样下去以后要是天天晚上此起彼伏地半夜鸡叫了，我们还要不要睡觉了？再说了，它们终究是畜生，随地大小便的事儿还不是说发生就发生的常事？还有，它们又不像狗，在城里是有"身份证"，是要打预防针啊什么的，现在人类又出现了"禽流感"啊，"非典"啊之类的怪毛病蛮多的，这样养鸡是不是有点不大对头呢？要不然为什么我们在超市里可以买得到狗粮却从来就没见过鸡食呢？

为了给自己的疑惑一个可支撑的依据，我放下了手头的活儿去寻觅可供我引经据典的证据，结果还真的找到了——1997年施行的《杭州市城市市容和环境卫生管理条例》第三十八条规定：禁止在市区街道辖区、风景点内饲养鸡、鸭、鹅、兔、猪、羊等家禽家畜。这鸡是首当其冲被禁养的。于是，这些天我一直很纠结：我是不是应该去向有关部门举报？但有关部门的门在哪里呢？如果不去举报，是不是属于姑息养奸？而"养奸"是不是比养鸡更罪加一等……

朋友们啊，恳求你们为我出个好主意吧！

鞭炮是什么？

其实我很怕鞭炮，但我却不大敢说出来。原因有二：其一，传说中鞭炮的起因是人们用来避邪祛灾的，说是用来驱鬼的，也就是说，只有鬼才怕鞭炮呵；其二，是说因为越来越多的人不再相信这个世界上有鬼，所以鞭炮的功能也由吓鬼而转化为表达喜庆。我既怕别人把我当鬼；也怕别人认为我是个充满"羡慕、嫉妒、恨"的狭隘人，总是见不得别人高兴呢。因为有了以上两怕，我只好把对鞭炮的怕强忍了。

我对鞭炮的恐惧感源自小时候杭州城里的一个著名傻子，一个看上去很美的男子，传说中的富家子弟。说这一富商之家喜得儿子兴奋至极，在孩子满月那天大摆宴席、宾客如云，锣鼓喧天、鞭炮齐鸣，庆贺的排场之盛大，一时成为整个城市的谈资。可惜的是乐极生悲，那个原本聪明伶俐的美男婴儿受到惊吓，变成后来人们看到的那个傻样儿。从那时起，我就认定：鞭炮有害健康，可以使人致残。

我一般情况下都小心翼翼地避开那些让人心惊肉跳的鞭炮，宁愿多绕几里地也绝对不走近它们。但世界上的事儿就是那么不由人意，你越怕的东西有时越会缠住你。那一次表妹出嫁，说要让未婚女孩做伴娘，我这个晚婚女子便被顺理成章地抓了差，老妈特意为我做了一件红缎子的喜庆伴嫁棉袄，而表妹的嫁衣是绿色缎子的。我觉得一红一绿走在一起特别靓，却不料红衣的我被人误认为是新娘子。而那个农村的风俗是以作弄新人为乐的，所以村里的孩子一个劲地往我身边扔鞭炮，是那种很凶猛的"二脚踢"哦！

一个个鞭炮在我身边炸响，那些火药味浓郁的纸屑落在我美丽的新衣裳上。吓得我鬼哭狼嚎，非常生气，拉起表妹说："走，我们回家！不嫁了，他们这么坏。"我差点成为砸场子的罪人。幸亏好脾气的表妹柔声劝说，她婆家人也出面干预，对我们一行网开一面，才算让我过了难关。

那以后，我对鞭炮就不仅是怕了，还和它们结下了仇。不管是多么开心的喜庆场面，大凡有鞭炮的，我能躲则躲，能逃就逃，也就是一年一度的春节，是一个逃不过去的关口。常常从大年三十开始就是鞭炮的大鸣大放时期了，整个社区基本上是噼里啪啦的炮声掺杂着轿车报警器的惨叫声，而电视屏幕上春晚中的赵本山、冯巩们基本上就像手舞足蹈的哑巴，只看着他们嘴巴张开合拢，然后像傻子一样笑了。

而本来辛苦劳作了一年，想在春节图个清静好好睡大觉的念想就基本成了空想，那些日子，有哪一个晚上是夜阑人静的？我们有哪一个早晨不是被炮声所惊醒的？而这些都还是摆不上版面的鸡毛蒜皮，上了媒体的则是：兔年刚过 20 分钟，中国东北沈阳皇朝万鑫国际大厦即因燃放烟花而起火，这座 152 米高的大厦被烧毁，损失达 30 亿元。来自公安部消防局的数字——2 月 2 日（除夕）零点到 2 月 3 日（大年初一）上午 8 点，是燃放烟花爆竹的高峰期，在这一期间，全国共发生火灾 5945 起；且至 3 日 14 时，北京市因燃放烟花爆竹致伤 223 人，死亡 2 人……

我只想说，鞭炮不是神马，它真的不像掠过我们头顶的浮云啊！

为什么不敢做好事？

前些日了，一位八旬老翁在杭州市区突然摔倒，四肢抽搐。在等待救护车到来的时候，周围陆续聚集了十多名围观的群众。有人出手施救，有人却只是冷眼旁观，并提醒大家"不要管闲事，小心惹来祸水"。一时，"该不该救人、敢不敢做好事"等社会命题成为众人热议的话题，而"好人好事做不得"的观点并非个别。甚至有些家长对于怎样教育子女都感觉困惑了，尤其是2006 年发生在南京的"彭宇案"经报道之后，全国陆续发生多起老人倒地无人敢扶的情况。

这样的事件听着多么让人心寒！

以前只听说人不敢做坏事，还专门有一个"做贼心虚"这样的成语去形容人做坏事时的恐惧心理；现在倒变成行善做好事者心中不踏实了，仿佛为规避风险而不敢做好事正在形成一股风。一个历史悠久的文明古国，却从"学习雷锋好榜样"退化到了"不敢做好事"的悲哀境地，这实在是有悖于日新月异的现代文明。

叩问一下自己的良心：为何不敢做好事？患得患失，还没做什么就顾虑重重地想着后果，生怕自己做的好事不但不被认可，反而受人误解或者蒙受冤屈，说穿了，这样的人其实只把关注的重心放在自己的身上。

做好事是建立于替他人着想的基础之上的，且常常要牺牲自己的利益。比如，做了一辈子好事的雷锋一直是我们道德风尚的楷模，他在风雨交加的时候替别人打着伞就一定会淋湿自己；他在寒风凛冽的冬天脱下自己的衣服给别人穿上，自己就得挨冻；给别人让座，自己就得站着；替别人扛行李，自己就得累着……他做好事的结果是方便了别人，却为自己换回了挨饿受冻，还损失时间、金钱、体力等个人的利益。何况，当初雷锋的额头上也没贴着什么标签，他在半夜三更护送怀抱婴儿的迷路女子回家时，怎么就没想一想也许会遭非议、受误解、蒙冤屈呢？

当然，不可回避和否认"彭宇冤案"之类让人尴尬、郁闷和冤枉的事实确实存在。但其中也不乏某些媒体为了追求某种效应而无限放大事实的灰色部分，一味进行片面炒作所带来的负面影响，导致了人们关注点的倾斜，焦点对准的只是做好事的人受屈蒙冤而得出偏激的结论："好事做不得。"

我们常说"予人玫瑰，手有余香"，如果明天有人报道，一个送人玫瑰的人手被玫瑰花的刺扎伤了，鲜血流了一地，是不是从此玫瑰就无人问津，怕被人家误认为是"双手沾满鲜血的刽子手"呢？再说了，吃饭还会噎死人呢，你能为了不冒噎死的风险而永远不吃饭吗？事实上，吃饭噎死的人终究只是少之又少的个别，而不吃饭会死人倒是一种必然。

同样，人类如果为了怕受误解或者被个别坏人讹诈而从此对于旁人遭灾受难熟视无睹，甚至有人摔倒了扶一把，本来只是举手之劳，现在却要先找好人证、物证才敢做，这绝对是社会道德底线下沉的体现。试想，如果在地震、海啸等灾难发生时，大家却见难不帮、见死不救，人类还会有光明的未来吗？

呼吁新闻媒体乃至整个社会担当起扬善抑恶的社会责任，通过鞭挞严惩讹诈、弘扬褒奖行善来纠正社会道德评价体系，倡导良好的社会风气。

你向"打包"的人致敬吗？

"等我有钱了，一定买四碗豆浆，喝两碗倒两碗。"这条曾经流行过的手机短信，似在嘲笑穷人渴望暴富后随心所欲奢侈一把的心态。其实，你我他都做过或者还在做着此类让人笑到崩溃的搞笑之事。

不是吗？刚刚过去的那餐年夜饭、那场豪华饭店的婚宴、那一顿请上司的吃饭、那一天朋友的聚会……我们在各种名目的人餐中，推盏换杯、杯盘狼藉，最后扔出一把钱，潇洒地挥挥手，告别大桌大桌的鸡鸭鱼肉（有许多根本就没有下过箸），无人理睬，最终被"残忍"地当作垃圾倒进了泔水桶内。这样的事情在我国的许多地方天天都在发生着。

从小就跟随家长进出酒楼餐馆的孩子们，见惯了灯红酒绿，习惯了杯觥交错，所以相比之下，倒点剩饭剩菜的事儿太小儿科了。许多食堂，包括在"天之骄子"云集的大学食堂如此浪费粮食的现象比比皆是。某大学一位食堂负责人介绍，每日为学生提供数十种菜肴，消耗数百公斤粮食和几百斤肉类、蔬菜。但平均每天都能产生近两百斤的泔水，每天有超过五分之一的食物被倒进泔水桶里。仔细算算，一年就是上万公斤粮食菜肴被浪费掉，足够数十人整整吃一年。

好像没什么人再以"锄禾日当午，汗滴禾下土。谁知盘中餐，粒粒皆辛苦"对孩子进行启蒙教育，甚至有不少家长会说："只要孩子学习好就成了，浪费点儿算什么，我们家有的是钱！"从表面上看，浪费似乎只是个人的消费方式，但却从一个侧面反映了人们的人生观和价值观的偏颇。毕竟任何资源都是一种劳动的结晶，无谓的浪费是一种不尊重自然和他人劳动果实的可耻行为。

当然，需要补课的不仅是学生、孩子，浪费也远非只发生在校园，即使在那些打着家常菜旗号、提供家庭聚餐的中低档餐馆，大碗的白米饭倒掉也是屡见不鲜。

虽然我们中的绝大多数人早已经幸福地脱离了需要数着粮票、盯着米缸吃饭的时代，但我们还是应该清醒地弄明白：我们国家的粮食远没富裕到了可以不提节约、肆意挥霍的地步！更何况我国还是一个发展中国家，还有许多人刚刚解决温饱和贫困，还有许多孩子因贫穷而失学。

因此，我们没有权利在刚刚赚到了"买四碗豆浆"的钱还不知道晚饭的钱在哪里时，就派头蛮大地"倒了两碗豆浆"装大款。即使在发达国家，节俭也被视为一种美德。要知道浪费并不是潮人，也不是酷，那是有悖道德和文明的倒退。节约资源，健康、低碳的生活方式，减少对生态环境的压力才是新的时尚，才是新时代人应该具备的品质，也是我们每个公民应尽的义务和社会责任。

让我们立刻行动起来，减少不必要的浪费，就从珍惜粮食做起吧——吃饭（包括自助餐）时吃多少盛（取）多少；在餐馆用餐时点菜要适量，而不应该摆阔气，乱点一气；不随意扔剩饭菜，吃不了理应兜着走。让我们为"打包"的人喝彩吧，因为他比那个"倒了两碗豆浆"的人更值得尊敬！

是天籁还是噪音？

公交族的我，许多故事是每天上下班时从公交上听来的。一趟车程下来，都像感受一次市井百态的缩影。有赏心悦目的情景，也有令人生厌的人和事。

几乎天天都会碰到一对母子——年轻的妈妈带着学龄前的男孩。他们常常是手不释卷地讲读着，有时是《三字经》，有时是《弟子规》，有时是成语或者典故。妈妈耐心地讲解着，男孩很专注地听着，时而发出"咯咯咯"清脆的笑声。

那一天，讲的是一个秀才和欧阳修的故事：从前有一个单科秀才，很是自命不凡，总以为自己文如锦绣，诗如莲花。人前常常自负地说，这个世间只有一个叫欧阳修的，能和他比肩。有一天，秀才背起行囊出门了，大声地宣告要对欧阳修进行一次文学访问。其实他的内心是想和欧阳修一试高低，且志在必得。正好欧阳修也要过河去办事，两人就同在一条渡船上了，只是相互不认识。秀才是诗不离口，一路吟诵，却又常常中气不足而"短路"，同船的欧阳修就信口替他接上两句，秀才大喜："嗬！看来老兄肚子里还真有点货，竟能懂得我的诗意。"他兴奋地从船头跨到船尾，向欧阳修伸出双手，说："诗人同登舟，去访欧阳修。"欧阳修连忙把双手高高拱起．"修已知道你，你还不知修。"

小男孩听得开心地笑了起来，显然是听懂了"修"和"羞"的寓意。

虽然早就听讨这故事，但在那会儿听着依旧觉得很悦耳。而汽车上毕竟不是课堂，乱七八糟的噪音还是蛮多的。其中一个打手机的老兄吼声很抢人的耳朵："喂，美女，我要去见周杰伦了，就是唱歌的那帅哥。要不要我给你弄个签名照片啊？"

估计是整一车的人都听得到他那高音的"广告"，他也因此而更起劲地摆起了谱："靓颖啊，优优啊，都是哥们，我们常常一起玩的啊……"听他报着这些地球人都知道的名字，我在想，这个常和名人一起混的人一定也不会是普通的地球人吧。可是左看右看盯着他看了半天，还是没从他的脸上看出一点星味来。

不过那人的声音高得实在是有点扰得人心烦，我们连喇叭里报站的声音都听不清。那小男生也不再听妈妈讲"知羞不知羞"了，只管好奇地盯着那"高分贝手机手"看，突然脆生生地说："妈妈，我认识这个叔叔的，他是××饭店的保安呀！"众人哗然失笑。手机男人讪讪地收线，仓促下车而去。

曾经听人说过：要知道一个人缺什么，就看他炫耀什么；要知道一个人自卑什么，就看他掩饰什么。只要不是招摇撞骗，不构成对他人的侵害，虚荣并不都那么可笑，有时候甚至会是一种辛酸。

我不知道这话是不是适合那手机男，但至少有一点很明白，那就是他小时候，一定没有听过这个欧阳修的故事！

谁把他们的良心喂了狗？

曾经有一段时间，一个化妆品广告反复出现在电视屏幕上：一个四五岁的小男孩对着妈妈唱："长斑的妈妈难看了"，然后出现一个什么美白的化妆品，母亲用该产品"发奋涂墙"之后，男孩又说妈妈好看了。我看了非常反感，觉得一定是哪个奸商只顾牟利而出卖了孩子纯洁的良心。这世界上有哪个孩子不认为自己的母亲是最美丽的呢？常言道，儿不嫌娘丑。这是孝道，也是中国传统的道德审美呵！

　　然而，我想错了。这个让人越来越看不懂的世界上居然还真的滋生了一些嫌娘丑的不肖子孙，比如曾经热播的电视剧《我的丑娘》讲的就是儿子王大春嫌母亲丑，甚至不认娘的故事。剧中的"丑娘"却一心念着儿子与儿媳，她的母爱依旧无私而博大，但为了儿子的面子，临终前，她仍然不让儿子说出自己是他娘的实情。观众无不对那个不孝之子痛恨之极，也为这个善良、勤劳、通情达理、爱心无边的"丑娘"而感动得泪水涟涟。

　　但电视剧终究还是文艺作品，当我真的在现实生活中碰到儿嫌娘丑的事例时，觉得这真的已经是个严重的问题了！曾经听到一位外婆在跟她的晨练伙伴诉说，她在校门口等小学三年级的外孙女下课接她回家时，外孙女居然一脸正色地对她说："外婆，你长得太难看了，以后接我时走得离我远一点，免得同学笑话我。"另一个老人接过话茬儿："你这算什么，我那幼儿园的孙子才好玩，昨天对他妈妈说：'老妈你真土，你死远一点。'也不知道他是从哪儿学的。不过我那儿媳妇自己也在说，这些年光顾替丈夫和儿子着想，对自己太疏忽大意了，把自己打扮得像个小保姆似的，儿子都看不起她了。"

　　我注意到她们在说起这些细节时，并不是我想象中的那种"义愤填膺"，而是在宠爱中带有一种莫名其妙的"炫耀"口气，仿佛她们家的宝贝为他们争得了什么荣誉称号。

　　父母辛辛苦苦地生了他，一把屎一把尿地养大了他，成人后，不说报答父母的恩情，却在那儿嫌父母丑。要我来说，这些不肖子孙的良心都让狗吃了！但是，在我们谴责这些"没良心"的不孝子时，有没有想过这样一个问题：究竟是谁把他们的良心喂了狗呢？

　　仔细想想，这种类似于颠倒黑白、混淆是非的父母就是拿孩子良心喂狗的重要嫌疑人之一，包括电视剧里的那位"丑娘"。人们只是一味地夸大、弘扬那种无私的母爱，却没有看出来，正是这份带着怂恿的母爱成就了不孝之子，他们甚至可嫌母丑而翻脸不认母，却依旧还在享受着浓浓的母爱。从理性上来剖析，这份看似无私的母爱中，严重缺失了一种教育和指正，把孩子迁就、溺爱成一个没有良心、没有孝道的人，不能不说是母爱的失责。真正的爱应该包括正义的教育，光养不育的爱是残缺的爱。

我曾经在采访一名外籍教师时，谈到过我们的"希望工程"。那位"老外"对于我所说的那完全是一种无私捐助，受助人也没有"要还债"的牵挂和负担这种做法很不理解。他说，在他们国家也有类似于"希望工程"这样的慈善机构，但是不同的是，他们的捐助人和受助人之间要签一份合同，那就是当受助人有能力时要偿还的。他认为这是在培养孩子做一个诚信和知恩图报的人，因为捐助是做好事，做好事就是要让事情有好的结果——把受助人培养成有责任感、有能力的好人，这样的捐助才更有价值。他的话让人深思。

是啊！我们这个民族一向崇尚无私的奉献，倡导施恩不图回报的行善方式，这在弘扬一种美德的同时，却忽视了另一种美德的缺失，造就了一批心安理得只享受爱、索取爱而不知道感恩报恩的不孝子、忤逆子。他们大逆不道，嫌娘丑，看不起养育了他们的父老乡亲，抱怨生养自己的土地是"穷地方、鬼地方"，不仅不在学成、有能力后报答父母、报效祖国，反而忘恩负义，指责、嫌弃父母、家国。"儿不嫌娘丑，狗不嫌家贫"这种传统的民族审美正在被淡化和摈弃，而嫌娘丑、家穷的行径却在悄悄地滋生蔓延……

这对我们是一种提醒，我们应该调整爱的模式，提升爱的内涵，在施爱的同时，要教会并培育孩子接受爱的能力，让他们懂得：这个世界上没有哪一种爱是理所当然的！爱孩子，就呵护他们的良心，别让狗吃了他们的良心！

为什么要等迟到的人？

我不喜欢等人，所以也尽量比约定时间早到不让别人等待。正如孔子所言："己所不欲，勿施于人。"可是偏偏有人以为自己的头上出了角，故意迟到让人等待来装莫名其妙的派头。

有一次，上司派我去有关部门盖个章，因久闻那个部门的"头人"比较难侍候，我特意在前一天和他电话预约了见面的时间。第二天一早，我换乘了两路公交，一路狂奔，比约定的时间提前五分钟抵达。但见那位"大人"的办公室门洞开，却不见人影。估摸他就在附近，我就站在门口等啊等啊，近一个小时，有许多种猜测，其中最没创意的想法就是：那老兄是不是像传说中那样掉到 WC 里爬不上来了呢？

当又过去一个小时后，我变得烦躁而不再有那份"幸灾乐祸"的搞笑心情。终于有一位面善的中年女子，看我等得执着而绝望，过来告诉我，那人在另一同事的办公室，她已替我去叫过了，说是让我再等一会儿呢。

如此看来他是故意晾我的，我觉得气愤而无奈，就这么简单一件跑腿的事都办不好回去怎么向上司交代？他料定我会乖乖等着的，所以又过了三四十分钟才慢吞吞地过来替我盖上了那个戳，连句道歉的话都没有。难怪有人说他官不大（主任还是个副的）架子巨大。我看他这个"官架子"是搭在求助于他的弱者身上的。

不过，还有一次等待让我更郁闷。前些日子，本地一个很有钱的大老板像人来疯一样，说要请我喝茶。说话像扫机关枪一样劈头盖脸："我刚刚出国回来，太忙了，今天总算有点空。我想让你帮忙写点文章，你一定要来啊！"说完就挂了电话，我想要拒绝的机会都没有。想想，去就去吧，喝茶又毒不死我。

没想到的是，比约定时间迟了四十多分钟，那老板依然迟迟不露面。好奇，打手机问是忘记了还是改主意了。回答居然是还在陪重要客人吃饭，让我再等等，还中气十足地补充一句："放心，不会亏待你的，我会多付你稿费的。"

原来，他有钱，所以就有资本迟到让人等待？我很想大声地告诉他：我可以相信有钱能使鬼推磨，但那是鬼，不是我哦。我奉劝你趁早带上你的钱见鬼去吧！

不管是官僚也好，大款也罢，他们怎么都这么自恋呢？他们以为以他们的权势、以他们的财大气粗就可以随意谋杀别人的时间？难道别人的时间就是用来等待他们的吗？在我看来，以为如此行为显得他们是多么显耀，既无聊又不知廉耻！

事实上，这样的事情是经常发生的，而且，并不仅仅是当官的人或者是有钱的人才会迟到让人等候。最近去外地参加一个新闻发布会，主办方特意派出两辆客车来接相关人士前往，结果因为一家媒体的记者迟到而让两车的人等待了整整半个小时。在等待的过程中，听到有人抱怨，有人指责，非常深切地感受到不守时是一个令人讨厌的、伤害别人的恶习。可以这么说，非特殊情况的不守时，其实是一个人没有诚信的表现。

可是，为什么偏偏有人非要等待那个迟到的人呢？正是因为有了这种无原则的等待、宽容、迁就，才使得那些迟到的人一而再、再而三地不守时间而不用受到惩罚。其实，这样的等待不也是一种不守时吗？

假如我们都能遵守游戏规则，不再把规章制度视为形同虚设的儿戏，假如我们对所有的人一视同仁，真正做到像飞机的航班那样过时不候，你迟到了，对不起，下一班，或者，也许可能永远错过，如此，还有那么多迟到的人吗？

谁说你不是一般的人？

前几天，在饭店吃饭时，无意中听隔壁桌一家知名的面包店老板在向他的朋友们诉苦：自打他的店进驻杭城后，一直是顺风顺水的，才几个月时间就开出了几十家连锁店，生意是红红火火的。不料近日却碰上了一个"程咬金"，说在他家的面包里吃出了一小块抹布屑。店经理在第一时间向客人道歉认错，表示愿意照章认罚，双倍退钱或者加倍调换商品。

可是，那顾客扔出一张证件说他不是一般的顾客，既然这事犯在了他头上就休想这样轻易打发。幸亏该店经理见过点世面，立刻很机灵地拿出几百元面包券奉上，想息事宁人。见客人照单收下了，就松了口气。没想到那个"不是一般的顾客"依旧不依不饶，狮子大开口：拿6000元现金来，不然他有办法让这"丑事"大白于天下。这下店经理花容失色了：他们生意如此红火，靠的就是面包的品质打的名声，这名声要是坏了，损失就无法估量。老板曾想就付了6000元的"封口费"，算是破财消灾吧。但又觉得不对劲呀，他能保证自己合法经营，严格遵守食品卫生法不为牟利而乱加什么不良的添加剂，但毕竟是人做的事，怎么能保证没有丝毫差池。要是这个口子一开，一个面包就要赔偿6000元，他还做什么生意呀！他越想越觉得不得劲，长吁短叹的，关门大吉的心思都有了……

我吃完饭走人时，看到邻桌上的客人还在愁眉苦脸的像在"鸿门宴"上。

我无法判断此事有多少真实性，只是道听途说的一面之词，但大致上猜得出那个"不是一般的顾客"是什么身份的人了，如果我猜得没有错的话，那以我的"小人之心"来看，那个"不是一般的顾客"有点太仗势欺人了，而且是以权谋私。而事实上，我们是时常听说个别败类利用自己的职业或者自己的特殊身份，耀武扬威地滥用职权，营私舞弊，敲诈勒索，更有不法之人知法犯法，这很让人深恶痛绝。

那个"不是一般的顾客"其实也只是一个普通的消费者，和每一个去买面包的人是一样的，又不是卧底暗访，没有必要亮出什么证件来证明你的职业身份。这样做，无非是要老板"识相""有数""放点血"，这让我想起影视上看到过的旧时的地痞流氓常常向平民百姓索要"保护费"。如果他真的是个敬业的、有职业道德的人，无论在岗还是业余时间，时刻想着自己的职责，路遇不平事、不对的事，应该是无条件地仗义执言，该执法的照章执法，该曝光的大白于天下，而不是以个人得多得少而定夺事情的解决之道。

话又说回来，我这样鞭挞这个"不是一般的顾客"并不是要庇护商家，作为一个品牌的面包店，食品卫生出了事故，这肯定是有错在先，理应赔偿受罚。但该罚就罚、该赔则赔，应该对每位顾客都一样，一视同仁，不能没有原则地宠坏了那些"特殊身份"或者"特殊职业"的人，更不应该为了遮丑而煞费苦心地去付什么"封口费"，如此遮遮掩掩、忧心忡忡，反而授人以柄，让人得逞敲诈勒索的目的。不如大大方方，有错认错，知错就改。只要你对自己的产品有足够的自信，你就有理由相信消费者的识别能力！

老鼠过街时你喊打了吗？

那一天，在一个繁忙的四岔路口等候绿灯亮。突然看到有个女人跳着脚尖叫起来，像被蛇咬了一样。还没等我生出"这女人是不是疯了"的念头，又看到其他几个路人也像那个女人一样在马路中央用歇斯底里的狂叫伴奏着"暴跳如雷"。紧接着我自己也像神经搭牢一样跳了起来，因为一只壮硕的老鼠从我脚边窜过，更主要的是那些人惊恐的样子和令人毛骨悚然的尖叫早已经摧毁了我原本脆弱的神经。

老鼠依旧在光天化日之下不顾红灯亮还是绿灯亮，很耀武扬威地横冲直撞着，不知道它是慌不择路还是肆无忌惮，反正它就那样十分灵巧地来回跑龙套，所到之处人们惊恐万状地又叫又跳，整个场景很像一种叫"快闪"的时尚活动。又像是一场比赛，比什么呢？想起从前的一首老歌里的一句歌词："现在世界上究竟谁怕谁？"

当时失魂落魄的我真的没有看懂，到底是人怕老鼠，还是老鼠怕人？只是看得很清楚：人被吓坏的姿态要比老鼠过街的样子难看得多。就像是动画片《猫和老鼠》的真实改版，主角依旧是活泼机灵的老鼠，狼狈、笨拙、猥琐的是人。

最终，人群中闪出一位年届七旬的老汉，很坚定地大喝一声：踩死它！老汉好像和当年的打虎英雄武松有的一比；然后又过来一民工模样的中年汉子，和老汉一起加入了追杀老鼠的运动，后又过来一骑自行车的男人，用车轮子去轧那老鼠。这一回老鼠不再是"十分灵巧地来回跑龙套"了，明显抱头鼠窜！

联想起一些很雷同的场景：也是在繁华的岔路口，等待过马路的行人，也有骑车的人或开车的人，不是手机就是钱包，被窃被抢，大多发生在光天化日之下，因为这样的时间段人流车流密集，偷盗者下手机会也多；公交车上的扒手也多是在大庭广众、众目睽睽之中得逞的。小偷如此放肆地扒窃，如果说没有人看到显然是不可能的，如果那些看到的人能够出来喊一声"住手"呢？

而和这些明目张胆过街的"小老鼠"们相比，那些"硕鼠"的大胆妄为就更令人瞠目结舌，一些贪官污吏、腐败分子不择手段牟取私利，用获得的不义之财，堂而皇之地住着别墅豪宅，乘着香车宝马，过着锦衣玉食的日子。只要不是因为东窗事发被揪出来，人们的双眼仿佛都被一种叫"权势"的东西蒙着，似乎不知道他们就是"过街的老鼠"。

仔细想想：看到过街老鼠，你喊打了吗？也许，有的人喊是喊了，但只是虚张声势，吓吓它们，并没有真正出手去打，或者说打的力度仅如按摩推拿；有的胆小怕事（或者说胆小不如鼠）假装没看到，不敢出声，或者反而被老鼠吓得逃之夭夭；更有甚者，还助一臂之力，帮着老鼠过街，助纣为虐，成了老鼠的帮凶……

因此，这些原本应该是偷偷摸摸、鬼鬼祟祟的"老鼠"，不仅没有在过街时遭遇"人人喊打"而胆战心惊，反倒是听到了"人人喊怕"而得意忘形。时间长了，老鼠们也算是看透了人类的弱点，于是就变得日益猖獗和嚣张起来。仿佛是老鼠们修炼成了老虎，而人类则从谈虎色变退化到谈"鼠"色变了。不由得忧心忡忡起来：会不会有那么一天老鼠们来主宰这个世界，人类一上街就会被老鼠追杀得仓皇逃命而成为真正的"弱势人群"呢？这样的想法是不是有点杞人忧天？不过我倒但愿自己真的只是杞人忧天！

只是担忧是肯定没有用的，弘扬社会正气，匡扶社会正义，这是人人有份不能逃避的责任，包括我自己在内，看到过街老鼠，理应大声喊打，且毫不留情真正出手去打，如此，看它们还敢随心所欲地出来透气不？

炫耀是不是很不要脸？

"我家里的米面多得没地儿放，有空来我家拿点？""我抄了一篇论文发表得了奖金还顺利晋级。就属你迂，一本正经，老大不小了还在当老童生。""某某领导是我的哥们，什么事只要我打个招呼，一句话就可以搞定。"……也许这样的话我们都曾听到过。

　　也不知道是从什么时候开始的，有一些人吹牛不打草稿，像金鱼儿冒泡泡儿，随口就成群结队吐出一串串炫耀的大话来。且事无巨细，不论荣辱，空头白脑的鸡毛蒜皮，全都可以拿来炫耀。比如，相貌平平的，可以自称"美女、帅哥"来炫耀；培训、进修过几天的，可以把"我上大学那会儿""我读研读博的时光"等挂在嘴上炫耀；甚至优越的家境，坚实的后台，都会拿出来炫耀。稍有点才艺的，那就更不得了了，要大张旗鼓地炫耀——"超男、超女、超人""超级天才"，好像不超天、超地，不突破地球誓不休了。炫耀的级别不断攀升，直冲荒诞无稽。

　　这年头可供拿来炫耀的东西实在是太多太多了，仿佛这满世界的都是名人、能人、了不起的人，普通平常一点的人倒成为稀缺资源了。

　　在记忆中，我们父辈们年轻时的那个年代，人们大多以谦恭内敛为美，即使真有值得骄傲的资本，也从不轻易拿出来示人作秀，更不要说炫耀了。那是一种真正意义上的低调。

　　经济飞速发展，科技日新月异的今天，人们的思维方式在改变，理念也在变化。而在这个快节奏的年代里，人心容易浮躁，不乏急功近利之人浮在社会的表面。他们不愿意踏踏实实地一步一个脚印，也无法忍受日复一日地慢慢积累，修炼内功，恨不能一夜暴富，一曲成名，一步登天。他们的价值取向也出现了偏差，仿佛越会吹牛越能炫耀的人，就越有自信心越有个性，以为说话浮而不实，做事弄虚作假是当今雷人潮人们的时尚；而厚道木讷、内敛低调的人反倒是没有底气了，老实也成了无能的代名词。

　　于是，炫耀成了一股风，多见容光焕发、口若悬河者；趾高气扬、不可一世者；腰圆膀大、财大气粗的摆阔者。把那点了无个性的"个性"张扬到了极致。

如果一定要炫耀，谁又找不出那么点炫耀的"资本"呢？明明只是一粒米，有人可以把它"熬"成一锅粥，只见水分不见米，这样的极度夸张式的炫耀，只是让明眼人觉得可笑。但终究还真的有那么一粒米存在。还有一些硬撑面子的人，非把摆不上桌面的事也拿来炫耀，比如前不久揪出的一个贪官在承认自己确实是拿了不少不该他拿的钱财后，不无炫耀地说自己没有包二奶，说明他忠于爱情，把每个人应该做到的平常事也当作了炫耀的资本，让人贻笑大方。更让人不齿的就是有人的炫耀是建筑于伤害他人的基础之上——"还记得那个谁吗？当年暗恋我，我没理他。""那个谁谁够傲吧，昨晚被我搞定了，佩服吧？"如此不道德的炫耀可憎可恨，让人厌恶之极。

此外，还有一种炫耀"纯属虚构"，那是实在拿不出事来炫耀却又忍不住炫耀瘾的人，只好编点"幻想小说"来无中生有，煞有介事地把莫须有的事说得跟真的一样，还脸不变色心不跳，纯属"皇帝的新装"。这种谎言式炫耀的人，除了脸皮特别厚之外，还有点疑似造谣的骗子。

爱炫耀其实是不自信的表现，如果无限制地用空话、套话、假话来满足无限膨胀的虚荣心，只会让炫耀越来越离谱。而一旦炫耀没有了依据，失去了底线，如果满大街都跑着"穿新装的皇帝"，由单纯天真的孩子们看来，一个老大不小的人赤身裸体招摇过市是不是很不要脸？

你用玫瑰挡过道？

一位"80后"朋友向我描述他策划已久的求婚方案：在即将到来的情人节那天，在杭州一个车水马龙人声鼎沸的大街上，将他心爱的女孩当街拦住，手捧大捧红玫瑰的他单膝着地，当众跪着向女孩求婚，以获得轰动效应。让女孩一生一世都记得他这种别具一格的求婚模式。

说完，他不无得意地等我赞赏他的求婚创意。

我只当他是作为搞笑的谈资，不料，他却说是真的要去实施。还说是因为信任我才来征求我的看法，并希望我替他保密。如此一来，我也不敢一味打趣，认真严肃地替他分析此方案的可行性——

如此别出心裁的求婚法极有可能引来路人的围观，光是让别人免费看个西洋镜儿倒也没有什么，因为你本来就刻意要轰动效应的。但极有可能引发交通堵塞等麻烦，扰乱正常的社会秩序，打乱别人平静的生活节奏，估计会有人说你"有毛病"的，也许会有热心观众硬把你送去某个医院也说不定的，还可能惊动交警和城管部门。当然，最不测也是最坏的后果是你弄巧成拙，让羞涩内敛的女友红颜大怒，拂袖而去，从此和你分道扬镳，没有了婚姻这个缘分。

在全盘否认了他那得意的方案之后，我很是画蛇添足地给他来了个道德审判：总之，你的做法有悖于我们传统的审美，还有点疑似违反"交规"之类的不大道德的感觉。

那位"80后"听了大为不爽，差点和我翻脸，说我是个很out（背时）的老朽，不解他们新新人类的风情。从此以后，懒得再理我了。

也许是我过于孤陋寡闻了，确实，和前不久发生的"玫瑰门"相比之下，那位"80后"的创意求婚至多也就是个"迷你小小巫"。

据媒体报道，去年岁末的某个晚上，三辆面包车载着10001朵玫瑰浩浩荡荡驶入某大学的女生宿舍区，但受赠玫瑰的女孩始终没有出来签收。导致这些寂寞开无主、无人认领的玫瑰挡道为患。据说，最后这个女孩宣布，将这万朵价值十万元的玫瑰交由校团委义卖后捐赠灾区。有不少人为这个女孩拍案叫好，赞她是一个心智成熟的女孩，懂得自爱自尊，珍惜真情真爱。

玫瑰奉献给爱情，前提是送花的人和收受的人必须彼此相爱。但从该女生拒收玫瑰的举止来看，这万朵玫瑰，朵朵都是一厢情愿的单相思，而且这个男人如此破巨费、大张旗鼓地显摆，感觉有点别有用心。他这样不顾对方的感受，只一味宣泄自我的情绪，这种荒诞、夸张的求爱方式，不仅不能代表他爱的程度，反倒是有种"硬吃螺蛳"的味道，让人怀疑他是不是要故意弄出些惊心动魄的声响来，让全世界都知道该女生"名花有主"而吓退其他男人，迫使女孩就范？如此"变态的玫瑰"怎么可能赢得真正爱情的青睐呢？

就像一些目击此事的同学说的那样：示爱的方式有好多种，普普通通之中更显真心。如果有真爱，一朵玫瑰就行！可有些人就偏偏喜欢摆阔，以炫耀的方式大声进行爱的宣言，不知道他手里是否真的有钱。即使有钱那也是家里老爸老妈辛辛苦苦赚来的啊，哪禁得起这般无度地挥霍啊！

可见，理性的人都看明白了，那个求爱的男人至少是个不会做人家过日子的人，很难想象婚后的生活能像玫瑰一样绚丽。

年轻人敢于打破陈规陋习，工作和生活上有点新理念、新创意本无可厚非。张扬个性也不是不可以，但并不是要把所有的私事全盘抖搂出来，有的幸福和甜蜜，只是属于你个人的感受；有的烦恼和痛苦，只是你私人的遭遇，你没有权利要求全世界的人与你一起笑一起哭，同悲同喜。这也和家丑不可外扬一样，把那些只能是私人的东西硬是暴露无遗公布于众，就不美妙了。

爱只须对他（她）一个人倾诉，让被爱的人知道你的一番爱心就是全部了。没有必要惊世骇俗到让全世界都听到，如此有声有色在公共场合大声喧哗，只能是制造噪音，是一种污染。就像那些无人理睬的玫瑰，一直放在那儿不但碍手碍脚，妨碍别人过往进出，而且枯萎凋零之后，变成一堆污染环境的垃圾，还得麻烦别人来清理打扫。

所以，请把那些挡道的玫瑰搬开吧！